U0038523

序

　　如果有個老外向你說「謝謝」，相信你一定會立刻不假思索地回以：「不客氣」。這沒什麼嘛！但是，如果要你用英文回答呢？嗯…會是會啦，但是好像又不太有把握。為什麼差這麼多呢？

　　「不客氣」的英語表達方式，大致有以下幾種。

● You're welcome.

● Don't mention it.

● Forget it.

● No problem.

● Any time.

● My pleasure.

● That's quite all right.

● Don't worry about it.

● Not at all.

　　如果你腦海裡有這麼多說法，要從其中任意選出一種，的確需要一點時間，這也是為什麼大多數國人在講英語時，經常吞吞吐吐，半天說不出一句話的原因。

　　其實，要想將英語說得流利，與其照單全收，死背各家說法，最簡單的方法不如挑一個最好記的句子，反覆誦讀，直到臨場能夠有如「反射動作」般應答如流，這才是最有效的學習方式。例如，假如你選的是 "Not at all."，那麼當對方說 "Thanks." 的時候，理想的狀況就是要能夠立刻回答出 "Not at all."。

　　這本書，就是要幫助你培養這樣的能力。我們挑選了150個生活英語的會話常用句，分別針對使用的場合、會話實例以及發音，詳加說明。除了一、兩個例句以外，原則上都是精選 5 個字以內的簡短句子。只要每天輕輕鬆鬆背個兩三句，兩個半月內要想熟記英語日常會話中的關鍵句，相信絕對不成問題。各位讀者若是都能在閱讀本書之後，持續反覆練習，假以時日必能在各種情況下都像反射動作似地，不假思索地說出適當的英語。

1999 年 7 月　　作　者

That's it!

就是這句話！

c.o.n.t.e.n.t.s.

That's it! 就是這句話!

Hi!
嗨！

這是最常見的打招呼方式。對於長輩或是初次見面的人，有時可以用稍稍正式一點的 "Hello!"，但是一般熟人之間，用 "Hi!" 或是 "Hi there!" 就足夠了。Hi 的後面可以直接加上對方的名字。

 狀況劇

兩個老友在路上不期而遇。

Ted ：Hi!
Bill ：Hi, Ted. How's everything?
Ted ：Pretty good.

泰德：嗨！
比爾：嗨，泰德。最近好嗎？
泰德：滿不錯的！泰德：滿不錯的！

發音技巧

[haɪ]。看過日劇的人大概對日本人簡短有力的答話方式「はい」（是！）都不陌生，這兩個音的確很像，不過，英文的 "Hi!" 音節長度要比日文的「はい」再長上半拍。

參考

據說 "Hi!" 最早出現於十四世紀，是由 hey（嘿！）這個字演變而來，原先僅出現於美式英語，目前已廣泛應用於整個英語圈。

Excuse me.
不好意思…

這是用來喚起陌生人注意，而不是做錯事時要求對方原諒的話語。如果對方是男性，可以在後頭加上 sir，如 "Excuse me, sir."，如果是女性，則用 "Excuse me, ma'am."，聽起來會更有禮貌。

 狀況劇

向陌生人問路。

A：Excuse me. Could you tell me the way to the post office?
B：Go straight on two blocks and turn left at the corner. You can't miss it.

A：不好意思，請問郵局要怎麼走？
B：直走到前面第二個路口左轉，你就可以看到了。

發音技巧

Excuse me. ↘ 句尾語調下降。語調上揚時，則會變成「你說什麼？」意指我沒聽清楚，麻煩請再說一次（請參見第 12 頁）。

參　考

當你看到某人忘了東西，急欲叫住他或她時，這時是可以只說 "Sir!" 或 "Madam!" 的，並不算是失禮。

Sorry!
抱歉!

遇到人擠人的場合,千萬不要一副雖千萬人吾往矣的姿態,悶著頭就想要往前鑽。一般說來,老美對於身體的自主性是很有意見的,不喜歡他人任意的碰觸。因此,當你要穿越人群時,最好是先說聲 "Sorry!",提醒前方的人稍讓一下,以免失禮。

 狀況劇

在超市走道上請對方讓個路。

A:Sorry!
B:....You stepped on my toe.
A:Oh, I'm really sorry.

A:抱歉,借過一下。
B:……你踩到我的腳趾了。
A:噢,真是很抱歉。

發音技巧

Sorry. ↗,句尾語調輕微上揚。

參 考

大家都知道美式發音和英式發音不甚相同,這種情形即使是拼法、讀音都相同的字也一樣,例如 sorry,美式英語喜歡拉長第一個音節 (so-) 的拍子,英式英語則是第二個音節 (-rry) 的拍子較長。

Nice to meet you.
很高興認識你

這是雙方第一次見面時的最常用到的問候語。完整的句子結構是 "I'm glad to meet you." 或是 "It's nice to meet you."，但其實 "Nice to meet you." 就可以達到同樣的效果了。

 狀況劇

在辦公室和初次見面的人寒暄。

Bush : Nice to meet you, Mr. Smith. I'm John Bush from Klox Company.
Smith : Nice to meet you, too, Mr. Bush. Have a seat. I've heard a lot about you from Mr. Gray.

布希　：很高興認識你，史密斯先生。我是克洛克公司的約翰布希。
史密斯：我也很高興認識你，布希先生。請坐。葛雷先生經常提到你。

 發音技巧

主重音位於 meet，句尾語調下降。

參　考

"Nice to meet you." 只適用於雙方第一次見面。有過一面之緣後，則要改說 "Nice to see you."。

How're you?
你好嗎？

這句話經常在熟人之間使用。還記得以前聽的教學錄音帶嗎？ "How **are** you?"，重音放在 are；回答 "Fine, thanks. How are **you**?" 時，重音則改為 you。但是近年來，先開口的一方說 "How're **you**?" 重音放在 you 的情形，在美國已經比比皆是。

 狀況劇

和好友碰面打招呼。

A：Hi! How're you?
B：Pretty good. How's everything?

A：嗨，過的好不好啊？
B：滿不錯的。你呢？

 發音技巧

How're yóu? ↘，句尾語調下降，主重音位於 you。

參　考

"How do you do?" 一般都是作初次見面時的問候語，但有時也可以當作 "How're you?" 使用。

Long time no see.
好久不見

和久未見面的朋友打招呼的方式有很多，例如 "It's been ages since I saw you last." 等等，但其中最好記的還是這句 "Long time no see."。

 狀況劇

在路上撞見久未見面的友人。

Ken ：Hi, Bill. Long time no see.
Bill ：Hi, Ken. How's everything?
Ken ：So-so.

肯恩：嗨，比爾，好久不見了。
比爾：嗨，肯恩，最近還好吧？
肯恩：馬馬虎虎啦。

發音技巧

Lòng tìme nò sée.，主重音落在最後的 see，前半句的語調起伏不大。

參考

see 在這裡作名詞的用法其實並不符合英語文法。根據文獻，這句話最早出現於 1900 年，出處是美國印第安人 (Native American)。或許是聽起來既純樸又帶點趣味，如今在口語中經常使用。（編按：的確有此一說，不過多數看法是認為這句話是中文「好久不見」的直譯。）

Bye-bye.
拜拜

　　這是一句使用度最高的道別語，也可以單獨只說 "Bye."，是由 "Good-bye!" 簡化而來的口頭用語。"Bye-bye, now!" 的說法也有人用。

 狀況劇

　　與朋友道別。

A：I must go now. Bye-bye!
B：Bye now. Have a nice weekend.

A：我得走了，拜拜。
B：拜拜，祝你週末愉快。

發音技巧

　　bye-bye [`baɪ`baɪ]。但是如果你仔細聽，會發現不少美國人其實是念成 [`bʌbaɪ]。

參考

　　"Good-bye!" 是由 "God be with you."（神與你同在）這句話縮略而成，目前已成為正式用語，口語中很少使用，平日最常見的還是 "Bye-bye." 或 "See you."。

See you.
再見

這也是非常普遍的道別語。完整的說法是 "I'll see you tomorrow." 或是 "I'll be seeing you next time.",日後逐漸簡化,只說 "See you." 就可以表達完整的意思。

 狀況劇

與朋友聊天聊到忘了時間。

A：Oh, my God! It's already three o'clock. See you!
B：O.K. See you next week.

A：哎喲,已經三點啦。再見。
B：OK,下禮拜見。

發音技巧

see [si]。有些人誤把這個字的發音當作是西瓜的「西」,其實不是,發音時有個訣竅,就是氣音從上下齒縫間通過。至於 you 的發音,要像俚語拼法 "See ya." 一樣,不用太過於強調,輕輕帶過就好。

參 考

「省略主詞」在口語中是很常見的,例如 "Thank you." 或是 "See you." 就是很好的例子。附帶一提, "See you." 首度出現於文獻上的時間,據說是在 1891 年。

Have a nice day.
祝你有個愉快的一天

　　道別時除了用 "Good-bye." 之外，也可以考慮加點變化，改用或是補上一句 "Have a nice day."、"Have a nice weekend." 為自己的英語增加點程度。當然，根據當時的情況，你也可以依此類推："Have a nice evening."、"Have a nice vacation."、"Have a nice trip." ……。

狀況劇

　　和朋友道別。

A：Well, I have to go now. Have a nice day.
B：You, too.

A：我得走了，祝你今天順利。
B：你也是。

發音技巧

　　[ˌhævəˌnaɪsˈde]。慣用句最常出現連音現象，每個字每個字不是分的非常清楚，聽起來像是一個單字。

參考

　　這個句型非常實用，當你知道對方要去旅行時，便可以說 "Have a nice trip." 祝他玩得愉快。"Have a good day." 雖然也說的通，不過還是以 nice 比較常見。

That's it! 就是這句話!

Say hi to her.
代我問候她

彼此道別時，如果你希望對方代為問候其他人，這時便可以利用這個句子來表達。"Say hello to ~ ." 也有相同的意思。

 狀況劇

請前來探病的表弟代為問候阿姨。

George：Take good care of yourself, Sue. Bye, now.
Sue　：Bye, George. Thanks for coming. Say hi to Aunt Beth.

喬治　：你要保重喔，蘇。拜拜。
蘇　　：拜拜，喬治。謝謝你來看我。代我問候貝絲阿姨。

發音技巧

主重音位於 hi。和第一頁 "Hi." 一樣，hi 的音可以長一些，不要像日本人的「はい」一樣過於簡短。

參考

你可能見過另一個說法："Please send my best regards to ~ ."（請代我問候～），不過這種說法過於正式，在口語中，一般用 "Say hi to ~ ." 就足夠了。

Let's see.
嗯…

談話進行途中，需要暫時整理一下思緒時，不妨用這句話為自己爭取一點時間。"Let me see." 的說法也有人用，不過基本上還是以 "Let's see." 比較經常聽到。

狀況劇

在對方提出問題時，稍微想了一下。

A ：What do you call this in Chinese?
Sue：Let's see. Oh, yes, we call it *powtsu*.

A ：這個用中文怎麼說？
蘇 ：嗯…啊，對了，我們叫它作「包子」。

發音技巧

主重音位於 see。說這句話的時候，常常因為正在思考的關係，see 的拍子不自覺就拉長了，這是合理的現象。

參考

let's 是 let us 的縮寫，主要是用於「邀約」或是「提議」時。要注意的是，即使書面上寫的是 let us，習慣上還是念成縮寫，例如 "Let us pray."（讓我們祈禱吧），就是念成 [lɛts pre]。目前會一個字一個字慎重發音，念成 [lɛt ʌs pre] 的，大概只有牧師了。

Excuse me?
什麼？

當你沒有聽清楚對方的談話時，禮貌而客氣的 "Excuse me?" 可以為你提醒對方重複一次。"I beg your pardon?"、"Pardon?" 也是實用的說法，不過使用頻率最高的，當然還是 "Excuse me?"。

 狀況劇

一時沒聽清楚對方說什麼。

> A：I went to Sizzler's yesterday.
> B：Excuse me?
> A：Sizzler's, a beefsteak restaurant.
>
> A：我昨天去時時樂。
> B：什麼？
> A：時時樂啦，一家牛排館。

發音技巧

Excuse me? ╱，句尾語調記得要上揚，因為如果下降，就會變成「不好意思，打擾一下」（請參見第 2 頁）。

參考

同樣的情形下，英式英語習慣用 "Sorry?" ╱，句尾語調上揚。至於 "I beg your pardon?" ╱，或是 "Pardon?" ╱，則是英美共通的說法。

Go ahead.
你先請

這句話經常見於兩個人同時開口說話或是進電梯時，禮讓對方先請的畫面。

狀況劇

對方與自己同時開口。

A：Come to think of it ...
B：This has to ...
A：Go ahead.

A：仔細想想…
B：這一定是…
A：你先說。

發音技巧

ahead [əˋhɛd]。主重音位於 ahead 的 -head 部份。

參考

"Go ahead." 還有另一種用法：當對方有所請託時，可以作「請便」的意思。

A：Can I borrow your cellular phone?（可以借一下你的手機嗎？）
B：Go ahead.（請便。）

No kidding!
不會吧！

kid 的原意是「愚弄、戲謔他人」，所以字面上的意思是「別開玩笑了！」。這句話也可以換成另外一個說法 "You're kidding."。

 狀況劇

熟人之間的對話。

A：My uncle lives in Florida. He's a billionaire, and I'm heir to his fortune.
B：No kidding! You said you didn't have any relatives the other day.

A：我叔叔住在佛羅里達，是個億萬富翁。我可以繼承他的財產耶！
B：不會吧！你之前不是說你沒有什麼親戚嗎？

發音技巧

kidding 的語氣要稍微加重，由於念快的關係，ding 聽起來有些像是 ling。

參　考

kid 原本是「小山羊」，後來也用來代表小孩子，然後由「把人當小孩耍」的聯想，衍生出動詞「取笑，逗弄」。

Which means?
你的意思是？

這句話非常適合用在我們常說的「有聽沒有懂」的情況下，要求說話者用簡單的話再解釋一次。

狀況劇

兩個朋友之間的對話。

A：I'm going to have to throw in the towel.
B：Which means?
A：Which means that I've lost all my fighting spirit and can't go on any further.

A：看來我得放棄了。
B：你的意思是？
A：我的意思是我已經沒有鬥志，沒辦法繼續下去了。

發音技巧

Which means? ↗，句尾語調要輕微上揚。

參考

句中的 which 是關係代名詞，所以發音要輕，不能讀成重音。另外，有人說關係代名詞是比較正式的用法，只用於文章中，這個說法並不正確。

I mean it.
我是認真的

關於 mean，大家最熟悉的解釋應該是「意指，意謂著」，但是除此之外，這個字有時也作「認真、當真」解釋。例如 "I mean what I say."，意思就是「我說的是認真的」。

 狀況劇

母親與女兒的對話。

Mother	: I heard you're going out with Bob these days.
Daughter	: Yeah. What's wrong?
Mother	: The boy is not your type. Stop going out with him. I mean it.

母親	：聽說你最近在跟鮑勃交往。
女兒	：對啊，不行嗎？
母親	：那個男孩子不適合妳。不要再跟他交往了，我是說真的。

 發音技巧

mean 的語氣要加重，由於連音的關係，mean it 聽起來像是 [minɪt]。使用時多半帶有威脅的口吻。

 參考

"Do you mean to say ~ ?" 的意思是「你說～，是真的嗎？」

Oh, come on!
少來了！

come on 的用法非常兩極，有時用於敦促對方，意思是「來嘛！」，但是這裡作申斥、反駁對方時使用。

 **狀況劇**

覺得對方說的話很可笑。

A：You still owe me twenty dollars.
B：Oh, come on! I already paid you back last month.

A：你還欠我 20 塊。
B：少來了，我上個月就還你了。

發音技巧

照著 come on 的俚語式拼法 c'mon 發音，大致就錯不了。主重音落在 on。

參　考

「動詞＋副詞」的句子，重音通常放在副詞的部份。有個真實的故事：某人聽見門外有人敲門，於是回以 "Come in"，但由於他錯把重音放在 come，門外的老外以為他說的是「馬上來」 (Coming. [= I'm coming.])，一直站在門口等。一邊是等人開門自己進來，一邊是等人來開門，短短一句話只是因為重音的問題，竟然造成這麼大的誤解。

That's it! 就是這句話!

Not exactly.
也不盡然

覺得用 "No." 回答對方的問話過於莽撞時，不妨選擇比較委婉的 "Not exactly". 或是 "Not really."、"Not necessarily."。

狀況劇

母親正在刺探女兒的男友。

A：So you kissed Alicia, did you?
B：Not exactly. I hate to say it, but she kissed me.

A：所以，你吻了愛麗西亞囉？
B：也不盡然啦。這種話我並不想說，不過是她親我而不是我親她。

發音技巧

前後兩個無聲子音 t 都不明顯，如果念快一點，聽起來就像是 [nɑɪgˋzæklɪ]。

參 考

美式英語將 not necessarily 念成 [ˌnɛsəˋsɛrəlɪ]。類似這類形容詞加上 -ly 形成副詞，重音位置跟著改變的例子，另外還有 absolutely [ˌæbsəˋlutlɪ]（絕對地）、ordinarily [ˌɔrdəˋnɛrəlɪ]（通常）等等。

No problem.
不要緊、沒關係

這是由字面上「沒有問題」，引申為「不要緊、沒關係」，讓對方安心的用法。類似的說法還有 "Don't worry."（請參見第 21 頁）。

 **狀況劇**

鐘錶店老闆與客人的對話。

A：Oh, you dropped the watch onto the floor!
B：No problem. It's not broken.

A：啊，你把錶掉到地上了。
B：不要緊，沒有壞啦。

發音技巧

主重音位於 problem ['prɑbləm]。

參考

"No problem." 還可以用來回應感謝的話，解釋成「不客氣」，或是欣然接受他人請託時的用語，意思是「沒問題」。

A：How nice of you!（你真好！）
B：No problem.（不用客氣。）
A'：Can you wash my car in half an hour?（你能在半小時內洗好我的車嗎？）
B'：No problem.（沒問題。）

No way!
門都沒有！

一口回絕對方的請求，或是否定其主張時的用語。

 狀況劇

兒子向父親借車。

Son：Can I borrow your car, Dad?
Dad：No way! You scraped the door the other day.

兒子：老爸，車子可以借我嗎？
父親：門都沒有！上次你才把車門刮傷。

發音技巧

Nò wáy. ↘，主重音落在way。

參 考

"No way. "的否定語氣比 "No." 還強烈，幾乎是斬釘截鐵。

兒子：Will all your fortune come down to me, Dad?（老爸，以後你的財產都會給我吧？）
父親：No way! It'll go to my cat.（門都沒有！我通通留給我的貓。）

Don't worry.
不用擔心

　　當對方覺得對不起你，心裡感到內疚時，這句話可以用來寬慰對方，減輕對方的自責感。

 狀況劇

　　朋友正在為昨晚爽約一事道歉。

A：I'm sorry I didn't call you last night. Are you mad at me?

B：Don't worry. I'm not mad at all. I wasn't home last night, anyway.

A：對不起，昨晚沒打電話給你。你一定很生氣吧？

B：別擔心，我一點也沒生氣。反正我昨天晚上也不在家。

 發音技巧

Don't worry. [ˌdon(t)ˈwɝɪ]，t 發音不明顯。

參考

　　"Don't worry." 的言下之意是「反正事情都已經過了，就別放在心上了」。

Never mind.
沒關係

安慰對方「那只是小事，別放在心上」的慣用語。請注意，英語是用 "Never mind." 而不是 "Don't mind."。

 狀況劇

朋友臨時有事，無法依約前來幫忙。

A：I'm sorry I won't be able to come and help you pack tomorrow.
B：Never mind. I will do it on my own.

A：不好意思，我明天沒辦法來幫你整理行李了。
B：沒關係啦，我自己來就好了。

 發音技巧

主重音落在 mind。

參 考

mind 除了作「介意」（放在心上）解釋之外，常見的還有另外一個「介意」（覺得困擾），例如 "Would you mind my smoking?"（介意我抽煙嗎？）。回答時，如果覺得介意則說 "Yes, I do."，如果覺得沒關係，則回答 "Not at all." 或是 "Certainly not."。

Got it?
知道了嗎?

get 有「瞭解」的意思,"I don't get you." 就是「我不懂你的意思」。標題 "Got it?" 主要是用於反問對方「懂不懂」,it 指的是「我剛剛說的話」。

 **狀況劇**

父親叮嚀女兒遵守門禁時間。

| Father | : You should be back home by eleven, got it? |
| Daughter | : Yeah, got it. |

| 父親 | : 11 點以前要回家喔,知道了嗎? |
| 女兒 | : 嗯,知道了。 |

發音技巧

美式英語中,兩個母音之間如果夾著無聲字音 [t],由於念快的關係,聽起來往往會變成 [l],因此這一句聽起來應該像是 [ˈgɑlɪ(t)]。

參考

再舉 "Get out." (出去) 為例,發音與其說是 [ˌgɛˈtaʊ(t)],毋寧較像 [ˌgɛˈlaʊ(t)]。

Really?
真的嗎？

　　附和、回應對方談話時的用語。交談時，適時的答腔是很重要的，這樣對方才會覺得到你有在聽，有興趣繼續說下去。

 狀況劇

針對朋友的話給予回應。

A：Susan says she's going to marry that idiot.
B：Really? I thought you were going to marry that guy.

A：蘇珊說她要嫁給那個蠢蛋。
B：真的嗎？我還以為是你要嫁給他哩。

 **發音技巧**

　　Really. ↗，句尾語調上揚，表示你對對方的話題興致勃勃；Really. ↘，重音放在第一個音節，表示你對對方的話題不怎麼感興趣。

參考

　　句尾語調如果帶點戲劇性上揚，表示你對該話題十分驚訝，意思是「咦？真的嗎？」說話者想必會十分高興。

Is that so?
是嗎？

針對對方剛剛說的話再進行一次確認。

 **狀況劇**

父親與兒子的對話。

Son：Dad, I got 80 points in the math test.
Dad：Is that so? Is that the highest mark in class?
Son：No. Everybody else got higher marks than I.

兒子：老爸，我數學考 80 分喔！
父親：是嗎？是全班最高分嗎？
兒子：不是，其他人分數都比我高。

發音技巧

Is thát so? ↘，句尾語調下降，主重音落在 that。

參　考

that 有強讀和弱讀兩種發音。作代名詞「那個」使用時，讀強音 [ðæt]；作連接詞或關係代名詞使用時，讀弱音 [ðət]。
（例）He said that [ðət] that [ðæt] was not true.（他說那不是真的）

Right?
沒錯吧？

要求對方針對我方說法給予確認。一般用於句尾，類似的說法還有 "Correct?"。

狀況劇

二個同事之間的對話。

A：Your wife drives, right?
B：Right. But I wish she didn't.

A：你老婆要開車，對吧？
B：對，但我希望她不要。

發音技巧

Right? ↗，句尾語調輕微上揚。

參考

回答時，直接說 "Right." 就可以了，這表示聽話者很專注在聽說話者說的話。

Absolutely!
當然囉！

針對對方的問話，覺得用 "Yes." 不足以表達自己強烈的贊同時，不妨考慮用 "Absolutely!"。

狀況劇

公司裡二位男同事的對話。

A：Do you think I should ask her to go to the movies with me?

B：Absolutely! It's a great idea.

A：Thanks for saying that. By the way, could you lend me a hundred bucks?

A：你覺得我該不該邀請她去看電影呢？

B：當然囉！這是個好主意。

A：多謝你這樣說，那麼你可不可以借我一百元？

發音技巧

字典上關於副詞 absolutely 的發音有兩種，一種是重音在前，和形容詞 absolute 一樣；一種是重音在後，念成 [ˌæbsəˈlutlɪ]。在口語中由於常單獨使用，用來強調「完全贊同」，因此常採取後者。

參 考

buck 是「1 美元」的俚語說法。其他相關名稱還有：quarter 表示「25 分硬幣」、dime 表示「10 分硬幣」、nickel 表示「5 分硬幣」、penny 表示「1 分硬幣」。

Absolutely not!
休想！

這種說法的語氣比 "No!" 強烈，表示自己非～常不認同對方，帶有痛斥他人的意味，最好不要常用。

 狀況劇

兩個熟人在對話。

A：Can I borrow your bathroom?

B：Absolutely not! Every time you borrow something from me, you take it away.

A：借個洗手間吧！

B：休想！每次你從我這裡借走任何東西，就不會回來了！

發音技巧

和上一頁一樣，這裡的 absolutely，重音也是放在 absolutely 的 -lu-。

參　考

有些書籍將這句句子中的 absolutely 歸類為副詞，但我倒認為不如說是感歎詞，事實上也的確有字典將它解釋為感歎詞。「借洗手間」，英語必須用動詞 use，這裡用 borrow 是故意要營造出說話者有可能將整座洗手間搬走的突兀感。

That's it!
沒錯!

當自己百思不得的辭彙突然從對方的口中說出時,大概很少有人不會立即脫口說出:「對!就是那樣!」。英語中也有同樣的說法。

 狀況劇

老同學之間的對話。

A: I can't remember the teacher's name. It's something like Mac...

B: You mean Mr. McNeil?

A: Yeah, that's it! Believe it or not, I ran into him on the Orient Express the other day.

A: 我想不起來那位老師的名字了,好像是麥克…什麼的!

B: 你是說麥克尼爾?

A: 對,沒錯!你可能不相信,我前幾天才在東方快車上碰到他。

 發音技巧

主重音位於 That。

參 考

that 是指對方說出來的答案,it 則是自己一直在找的答案,兩者不謀而合。

That's that.
就這樣決定了

表達「沒什麼好說的了！」，或是「再談下去還是一樣！」等等，立場堅定時的說法。

 狀況劇

一對男女朋友的對話。

Girl : When are you going to marry me, Tom?

Boy : Never. I'm not going to marry you, and that's that.

女　：湯姆，你打算什麼時候娶我啊？

男　：不，我並不打算娶妳，而且就是這樣了！

發音技巧

Thàt's thát. ↘，主重音落在第二個 that。

參　考

類似 "That's that."（就是這樣了！），或是 "Money is money."（錢非萬能！）之類的疊合敘述法，看似淺顯，但在英語中卻時常有著相當深的含義。

That's it! 就是這句話!

Tell you what.
教你一招

通常在自告奮勇地提供自己覺得不錯的想法時，最一般的開場白不外乎「我教你…」。類似的情形在英語中是 "I'll tell you what."，但在口語中經常省略 I'll。

狀況劇

聽完同事的抱怨，自作聰明地獻上一計。

A：I don't know how to get along with the boss. He picks fault with everything I do.

B：Tell you what. Sock him in the eye and quit then and there.

A：我實在不知道怎麼與老闆相處，他挑剔我所作的每一件事。

B：教你一招！朝他的眼睛給他一拳，然後馬上逃離現場。

發音技巧

Téll you whát.／，句尾語調上揚，帶點得意的語氣。

參　考

"(I'll) Tell you what." 有時候也可以用作引入新話題時的轉折語。

（例）Tell you what. I bought a new digital camera yesterday.
　　（我跟你說喔，我昨天買了一台新的數位相機）。

Thanks for everything.
多謝關照

同樣是道謝，這句話和 "Thanks." 的差別就在於慎重的程度。當我們平日受人多方關照，感激良多，不知從何謝起時，不妨可以考慮這個說法。若想再正式一點，可以用 thank you 取代 thanks。

 狀況劇

與同鄉好友在電話中聊天。

A：Hello. This is Mary. May I speak to Bob?
B：Speaking. How have you been?
A：Pretty good. Thanks for sending pictures of me the other day. Thanks for everything.

A：喂，我是瑪莉，請找鮑伯。
B：我就是，最近好嗎？
A：還不錯！謝謝你前幾天把我的相片寄來，多謝。

發音技巧

thank 的母音是 [æ]，小心不要念錯。

參 考

thank 採用複數形 thanks，照字面的意思就是「許許多多」的謝意，和 many thanks、a hundred thanks 一樣，具有「強調」的意味。

I really appreciate it.
感激不盡

　　表達謝意的標準說法是 "Thank you."，另外像是
"Thanks."、"How nice."（"How nice of you." 的簡略用法）
等等，都是類似「謝啦！」的簡短說法。相較之下，"I
(really) appreciate it." 則是對對方的體貼與好意，表達由衷
謝意的慎重說法。

 狀況劇

向熱心帶路的路人道謝。

A：Thank you for coming out of your way to show
　me the post office. I really appreciate it.
B：Not at all. I happened to be coming this way
　myself.

A：謝謝你特地繞路帶我到郵局來，真是太感謝你了！
B：別客氣，我剛好也要到這附近。

發音技巧

　　appreciate 的讀音是 [əˋpriʃɪˏet]。句尾的 it 只需輕輕帶
過，幾乎聽不到。

參 考

　　類似的慣用句還有——
　　"I would appreciate it if you could let me know in
advance."（如果你事前就讓我知道，我會很感激的。）

Not at all.
不客氣！

「不客氣！」的說法有很多種，美式英語的標準說法是 "You are welcome."（英式英語則是 "Don't mention it."），照字面上的意思是「你是受歡迎的」，某些腦筋轉不過來的學習者總覺得這句話有點彆扭，對於這些有此「心結」的人，好記又簡潔的 "Not at all." 可能是個不錯的選擇。

狀況劇

提醒對方幾乎遺忘的記憶。

A：Thank you for refreshing my memory. I almost forgot it!

B：Not at all.

A：多謝你提醒我，我差點都忘了！

B：不客氣！

發音技巧

[nɑtətɔl]，Not 的 t 和 at 的 a 連音，而 at 的 t 和 all 的 a 連音。

參 考

有些人說 "Not at all." 主要是英式英語的用法。不過，事實上美國人也經常這麼用。

It's nothing.
小意思、沒什麼!

又是一句回應對方道謝時的用語,但是這句話的意思「那不算什麼!」聽起來又更灑脫了。

狀況劇

感謝對方替自己照顧小孩。

A：Thank you very much for looking after the baby.
B：It's nothing. Actually I enjoyed it.

A：非常感謝您替我照顧小孩。
B：小意思啦!我可是樂在其中呢!

發音技巧

主重音落在 nothing [ˈnʌθɪŋ],注意母音是 [ʌ]。

參考

nothing 還有另外一個用法——
"My sorrow is nothing to hers."(與她的悲傷相比,我的痛苦算不了什麼。)

Sounds great.
聽起來不錯

這是當你積極回應對方建議時,可以考慮採用的說法。sounds 是動詞,主詞第三人稱省略。

 狀況劇

商人邀約客戶餐敘。

A:I was wondering if you could have lunch with me tomorrow.

B:O.K. Could you come here at 12:00?

A:Sure. How about Chinese food?

B:Sounds great. See you tomorrow at 12:00.

A:不知道明天是否方便一起用個午餐?

B:O.K.,可以麻煩您明天中午十二點過來一趟嗎?

A:沒問題,吃中國菜可以嗎?

B:聽起來不錯!那就明天中午十二點見。

 發音技巧

sounds 的 ds,音標是 [dz],發音時切記不要分開念成 [d]+[z] 兩個音。

參 考

sounds 的主詞可能是 what you said,或是比較籠統的 it。

How about Japanese food?
吃日本料理好嗎？

　　「～好嗎？」是一種向對方提議、邀請時的用語。about 的後面接續名詞或是動名詞——"How about a cup of coffee?"、"How about going to the movies?"。

　　邀女朋友去看電影。

Boy：How about going to the movies next Sunday?
　　　They are showing a horror movie.
Girl：No way. I don't like horror movies.

男　：下禮拜天去看電影如何？有部恐怖片上映呢！
女　：不要！我不喜歡恐怖片。

發音技巧

　　Hów about～? ↘，主重音落在 How，句尾語調降低。

參考

　　作邀約解釋時，"What about～?" 可以等同 "How about ～?"。不過，"What about ～?" 還有另一個意思「～該怎麼辦？」。

　　（例）What about my life?（我的生活怎麼辦？）

It's up to you.
由你決定

這是將決定權交由對方的慣用語。完整的句子是 "It's up to you to decide."，不過對於不熟練的人，我建議還是先從 "It's up to you." 練起。

與朋友討論午餐吃什麼。

A：What would you like to have for lunch?
B：It's up to you. Please decide for me.
A：O.K. How about Thai dishes?
B：Aren't they hot? I'd rather have Chinese food.

A：午餐想吃什麼？
B：你來決定好了！
A：好，你覺得泰國菜怎麼樣？
B：那不是很辣嗎？還不如吃中國菜。

發音技巧

這裡的 up 是副詞，所以要強讀。It's úp to yóu. ↘，重音位於 up 與 you。

參考

類似的說法還有 "I'll leave it (up) to you."，句中的 up 可以省略。

Don't rush me.
別再逼我了！

這是口語上的慣用句。唸書、工作難免都有令人不順心的時候，當你受不了別人一再催促時，不妨適時地用這句話來表達你的心情。

狀況劇

母親正在督促女兒作功課。

Mother : Are you still working on that easy problem?
Daughter : Don't rush me, Mom. I'm doing the best I can. The problem isn't as easy as it looks.

母親 ：妳還在做那題簡單的問題啊？
女兒 ：別再催了！我已經想破頭了。這題目可不像看起來那麼簡單。

發音技巧

rush 同時也是「尖峰時間 (rush hours)」的「rush」，發音是 [rʌʃ]。

參 考

這句話也可以改用被動式，如 "I hate to be rushed."（我最討厭別人催我了）。

Take your time.
別急，慢慢來！

當你覺得時間還早、不急，對方還有充裕的時間可以準備或是考慮時，記得體貼地提醒一下，安撫對方焦躁的情緒。

狀況劇

等同事一起下班。

A：I'll be finished with this in just a few minutes.
B：That's all right. Take your time. I'm in no hurry.

A：我只要再幾分鐘就可以完成了。
B：沒關係，慢慢來！我不趕時間。

發音技巧

Tàke your tíme. ↘，主重音落在 time。

參　考

這句話也適用於以下情況──

A：We're late! I had better drive faster.（要遲到了，我得開快點！）

B：No, don't do that. Take your time.（不，用不著如此，慢慢來！）

What's wrong?
怎麼啦？

看對方臉色不佳，上前詢問表達關心時的用語，也可以用 "What's the matter (with you)?"。

 狀況劇

朋友的臉色不太好。

A：You look ill. What's wrong?

B：Everything went wrong with me today. I failed the driver's test in the morning, then I lost my glasses, and then I sprained my ankle, and ...

A：你看起來好像不太舒服，怎麼啦？

B：今天什麼事都不順！早上的駕照考試沒過，又弄丟了眼鏡，然後還扭傷了腳踝……。

發音技巧

重音 wrong [rɔŋ]，念的時候可以多拉長半拍。

參考

也可以說 "Anything wrong?"，這是從 "Is there anything wrong with you?" 省略而來。

I can't afford it.
我負擔不起

當經濟狀況不允許我們買想買的東西時,人們經常用到這個句子。一般說來,實際生活中用到否定句的時候比用到肯定句 "I can afford it." 的時候還多,而這意味著……。

參考

一群大學生正在談論暑假何處去。

A：Let's go to Hawaii this summer.

B：I wish I could, but I can't afford it.

A：You've been working part-time in the supermarket.
　　I thought you saved a lot of money.

A：今年夏天去夏威夷吧!

B：我也想去,但我負擔不起。

A：你一直在超市打工,我還以為你存了很多錢了。

發音技巧

否定形 can't 通常念成強讀 ['kænt];肯定形的 can 則是弱讀,念成 ['kən]。

參考

afford 後面也可以接續不定詞,例如 "I can't afford to buy a sports car."(我買不起跑車)。

Take my word.
相信我

當自己的話受到對方質疑，提出異議時，這句慣用句可以顯示出你的信心，幫助你說服對方「包準沒錯！相信我！」。

狀況劇

兩名高中生的對話。

A：The teacher is going to surprise us with a test tomorrow.

B：Really? I don't believe you.

A：Take my word. You should study hard tonight.

A：明天老師會臨時抽考喔！

B：真的嗎？我才不相信呢！

A：相信我！今晚還是用功 K 書吧！

發音技巧

Tàke my wórd. ↘，主重音落在 word。

參考

"Take my word for it" 也是正確的用法。

A：It's going to rain today.（今天會下雨喔。）

B：Really?（真的嗎？）

A：Take my word for it.（相信我吧！）

So-so.
馬馬虎虎

口語慣用句，表示情形「不好不壞」。

狀況劇

被朋友問及第一天到新公司上班的感覺。

A：How do you like your company?

B：So-so.

A：Are you getting along with your colleagues?

B：So-so. They are kind of nice.

A：你還喜歡這間公司嗎？

B：馬馬虎虎啦！

A：和同事們相處愉快嗎？

B：也還好，他們人都不錯。

發音技巧

第一個 so 的語氣要重。o 的讀音為 [o]，嘴唇要呈圓形。

參考

so-so 也可以作形容詞，例如 "His book got so-so review."（他的著作得到普通的評價）。

Here you are.
請用

當我們要將某件東西交給對方時，禮貌上至少要打聲招呼，而不是無聲無息地「ㄅㄨ」過去，留給對方不好的印象。「這是您要的東西」，換成英文就是 "Here you are."。類似句 "Here it is." 也是正確的說法，不過由於主詞是物 (it)，而不是人 (you)，聽起來就是不如 "Here you are." 親切。

狀況劇

別人麻煩你傳遞一樣東西。

A：Could you pass me the salt, please?
B：Here you are.
A：Thank you. This fish needs more salt.

A：請將鹽遞給我好嗎？
B：來，請用。
A：謝謝。這魚不夠鹹。

發音技巧

這句話的念法有許多種，不過原則上句尾語調都是下降。

參　考

"Here you are." 也可以用 "Here you go." 來代替，美國的速食店裡經常可以聽到這種說法。

Here we are.
我們到了

這是表達到達目的地時的慣用語。若是找了好久才抵達，可以在句尾加上 at last——"Here we are at last.",語意上會更生動。

一對夫婦沿路開車找飯店。

| Wife | : We've been driving miles and miles now. Can you see the hotel sign? |
| Husband | : Er....Oh, yes, I can. Here we are at last! |

| 妻子 | ：我們已經開了好久了。有看到飯店的招牌嗎？ |
| 丈夫 | ：呃……。啊，看到了、看到了，我們終於到了。 |

發音技巧

句尾的 are 要加重語氣，語調下降。

參考

"Here we are." 也可以用於找東西時，「有了」、「找到了！」的意思。

A：Have you found the letter you lost?（找到你掉的那封信了沒有？）

B：Not yet. Oh, here we are. That's it.（還沒。啊，有了！就是這封信。）

Here you go again.
又來了！

當對方老是提讓人不愉快的事情，聽話者的直覺反應想必是「你又來了！」，這句話的英語就是 "Here you go again."。

老婆不斷對丈夫抱怨。

Wife　　：You always say you are too busy to take me someplace over the weekend. Do you know people call me a golf widow?

Husband：Here you go again! I play golf as part of my business.

妻子　　：你總是說忙得沒時間趁週末帶我到處走走，你可知道朋友都戲稱我是小白球寡婦嗎？

丈夫　　：又來了！打高爾夫是我工作的一部份啊！

發音技巧

Hère you gò agáin. ↘，主重音落在 again。again 也可以省略。

參考

A：Another helping, please.（再幫點忙吧！）

B：Here you go.（又來了！）

I'm looking forward to it.
真令人期待

期待好事快點到來時的心情。使用時並不限定只能用現在進行式，現在式 "I look forward to it." 也是正確的用法。

 狀況劇

新遊戲軟體發售前夕。

A：Next week XYZ is going to start selling new game software. I'm looking forward to it.
B：Me, too. I can't wait.

A：下個禮拜，XYZ 就要正式發售新的遊戲軟體了，真是令人期待！
B：我也是，我已經等不及了。

 發音技巧

forward 的發音是 [`fɔrwɚd]，後頭的 to it 只須輕輕帶過。

參 考

句尾的 it 可以代換成動名詞 (~ing)，但是不可以使用不定詞。

（例）I'm looking forward to seeing you.（我一直期待能見你一面。）[~ to see you.（×）]。

I can't wait.
我等不及了

和 "I'm looking forward to it." 一樣，都是表達迫切期待好事發生的心情。原本正確的說法是 "I can hardly wait."（我快等不下去了！），不過口語習慣採用較直截了當的 "I can't wait."。

 狀況劇

兩名學生正在聊天。

A：I can't wait for summer vacation.
B：Neither can I. I'm really looking forward to it.
A：Do you have any plans to go anyplace?
B：No, not really.

A：真希望暑假快點來。
B：我也是，真是令人期待。
A：有打算去哪兒玩嗎？
B：不，還沒有。

發音技巧

主重音落在句尾的最後一個字 wait。

參 考

句尾可以接續不定詞。
（例）I can't wait to see it.（我等不及想看看它。）

That's it! 就是這句話!

That can wait.
那不急

字面上的意思是「那可以等」，引申成「那可以延後，那不急」。美國人經常將這句話掛在嘴邊，適用的情形相當多，是個非常好用的句型。

 狀況劇

二個商人在談生意。

A：O.K. Let's get down to business.
B：No, no, that can wait. Let's eat lunch first. We are in no hurry.

A：好了，我們切入正題吧！
B：不急、不急，還是先吃個中飯，又不趕時間。

 發音技巧

主重音位於最後的 wait。

參 考

句尾也可以加上等候的明確期限。

（例）That can wait until after lunch.
　　　（那可以等到吃完午餐再說。）

I feel like crying.
欲哭無淚

屋漏偏逢連夜雨，當運氣簡直背到極點，許多人最直接的反應大概就是哭，老美也不例外。feel like ~ 是心情上「覺得~，想要~」，有許多種用法。

 狀況劇

公司茶水間的一段對話。

A：I worked all day on my report and my computer suddenly stopped working.
I feel like crying.
B：That's too bad. I know how you feel.

A：打了一整天的報告，電腦卻突然當機，真是令人欲哭無淚！
B：太慘了，我可以了解你的感受。

發音技巧

主重音落在句尾的 crying ['kraɪɪŋ]。

參　考

除了心情上的喜怒哀樂，feel like ~ 也可以用來表達生理上的需求。

（例一）I feel like a beer.（我想喝啤酒。）
（例二）I feel like throwing up.（我想吐。）

Don't take it too seriously.
別太在意！

人難免會為小事鑽牛角尖，如果這時有人能夠在一旁適時開導，心情絕對會好上很多。當朋友為小事情煩惱時，這是一句相當體貼的寬慰語。

狀況劇

朋友跟人約好要帶 CD 來還，但是忘了帶。

A：What's the matter?

B：I promised to return a CD to my friend and I forgot to bring it today.

A：Well, don't take it too seriously. You can bring it tomorrow.

A：你怎麼啦？

B：我答應今天要把 CD 拿來還我的朋友，但卻忘了帶了。

A：嗯，別太在意啦，你可以明天再拿來啊！

發音技巧

主重音落在句尾的副詞 seriously [ˋsɪrɪəslɪ] 上。

參 考

這句話同時也可以用於忠告。

（例）Don't take Jane too seriously.（別太相信珍說的話。）

I'm just looking.
我只是看看而已

逛街是許多人的最愛,即使沒有錢,一樣可以只看不買——「櫥窗購物」(window-shopping),到國外旅遊時可別忘了熟記這句話。"Just looking." 則是更為簡單的說法。

 狀況劇

服飾店中店員與客人的對話。

Clerk	: Can I help you?
Window-shopper	: No, thanks. I'm just looking.
Clerk	: Would you like to try that on?
Window-shopper	: I said I'm just looking.

店員	:需要什麼嗎?
客人	:不,謝謝,我看看就好。
店員	:要不要試穿那件看看?
客人	:我說過我看看就好。

發音技巧

主重音落在 looking ['lukɪŋ]。oo 的讀音是 [u]。

參　考

對於一些性情比較「閉塞」的人,最怕逛街時遇到「熱心」的店員。在英語文化圈中,只要說 "Just looking." 對方通常就會明白你的意思,識趣地走開。

Can I try it on?
可以試穿嗎？

當你在服飾用品店看中某件衣物或飾品，不試穿（戴）總覺得不放心，這時便可以向店員詢問 "Can I try it on?"。

 狀況劇

服飾店中店員與客人的對話。

Clerk	: May I help you?
Customer	: I like this dress. Can I try it on?
Clerk	: Yes, of course. The dressing room is over there.

店員	：需要什麼嗎？
客人	：我喜歡這件衣服，可以試穿嗎？
店員	：當然可以，試衣間在那邊。

 發音技巧

主重音落在句尾的 on。

參考

try it on 是指「試穿」，如果只是每天平常的「穿上」、「戴上」，則要說 put it on。

Do you take VISA?
你們收 VISA 卡嗎？

這年頭用塑膠貨幣購物已經不是新鮮事了。除了VISA卡之外，你當然也可以說 "Do you take Master?"。

 狀況劇

在商店購物結帳。

Customer	: O.K. I'll take this one.
Clerk	: Thank you. Will that be cash or credit?
Customer	: Credit. Do you take VISA?
Clerk	: Yes, we do.

客人	：我就買這個。
店員	：謝謝惠顧，請問要付現還是刷卡？
客人	：刷卡，你們收 VISA 卡嗎？
店員	：是的，我們接受 VISA 卡。

發音技巧

美國人將 VISA 念成 [ˋvisə]。

參 考

店家常見的說法還有直接問 "Cash or charge?"（付現還是刷卡？）。對於一些主要的發卡公司，例如 VISA、MasterCard、AMEX 等，一般店家通常都會受理。

Four, please.
四樓，謝謝！

　　在電梯裡請別人幫忙按要到的樓層時，直接說數字就行了。在那樣一個特定的空間裡，four 除了意指 the fourth floor 之外，實在想不出還有什麼意思。

 **狀況劇**

　　電梯門打開，看見裡面有人。

A：Going up?
B：Yes. Which floor?
A：Four, please.

A：上樓嗎？
B：是的，請問到幾樓？
A：四樓，謝謝！

發音技巧

　　Four [fɔr]，[f] 的音要發清楚，不要念成了 [hɔr]，貽笑大方。

參　考

　　美國和英國對於樓層的說法有些不同，例如 the first floor，在美國指的是一樓，但在英國卻是二樓（英國人將一樓稱為 the ground floor）。依此類推，the second floor 在美國是指二樓，但在英國則是指三樓……。

This isn't my size.
這不合我的尺寸

試穿衣服或鞋子時，尺寸不合是經常有的事。換句話說，這句話是購物時的必備句。

 狀況劇

在服飾店裡選購襯衫。

Customer：This isn't my size. It's too big for me. Do you have this shirt in a small?

Clerk　　：How about this one?

Customer：Yes, this fits me perfectly.

顧客　　：這不合我的尺寸，太大了。有沒有小號的？

店員　　：這件怎麼樣？

顧客　　：嗯，很合身。

發音技巧

重音落在 isn't 與 size 兩個部份。

參　考

fit 和 match 的意思同樣都是「合適」，但是 fit 是指「尺寸剛好，合身」，match 則是「顏色或樣式合適」。

You win.
你贏了！

這句話除了一般常見的用於賭注輸贏之外，當你與人意見相左，覺得對方的意見比自己好時，也可以用到這句話。

 狀況劇

夫婦兩人討論晚餐要上哪家館子。

Wife : Let's eat Vietnamese food tonight.
Husband : I had Vietnamese food for lunch today. How about a steak?
Wife : All right. You win. Steak sounds good.

妻子 ：我們今晚去吃越南菜吧！
丈夫 ：我中午已經吃過越南菜了，吃牛排如何？
妻子 ：好吧，就依你的意思，牛排也挺不錯呢！

發音技巧

Vietnamese 的唸法不一，最常聽到的發音是 [vɪ,ɛtnə'miz]。

參考

理論上「你贏了！」應該要用過去式 "You won."，不過一般習慣還是用現在式。

That's too bad.
真可憐！

字面上的意思是「（那件事）真糟糕！」，進一步引申為安慰人的話，英語中用這句話來向遭遇不如意的人表達同情。

 狀況劇

朋友丟了打工的工作。

A：I lost my part-time job because I was always late for work.
B：That's too bad. But maybe next time you'll be more careful.

A：我打工的工作被炒魷魚了，因為我總是遲到。
B：那真是太不幸了。但下次你就會更小心了。

發音技巧

bad 的語氣要加重，a 是 [æ]。

參 考

語調如果說的不對，可能變成相反的意思，意指「活該，自作自受」，發音時千萬要多小心。

Need any help?
需要幫忙嗎?

都市越來越國際化,在街頭看到外國人的機會也就越多,如果你看到對方一臉茫然、不知所措時,不妨上前主動詢問是否需要幫忙,順便做做國民外交!

 狀況劇

看到同事正努力地將保險箱歸位。

A : That safe looks very heavy. Need any help?
B : Thanks a lot!
C : Need any help?
B : Thanks a lot! (They push hard.)
A : We did it!

A : 那個保險箱看來頗重的,需要幫忙嗎?
B : 多謝你了!
C : 需要幫忙嗎?
B : 太感謝了!(他們使勁推!)
A : 總算搬好了。

 發音技巧

Need any 的部份要念快一點,到最後的 help 時,語調要上揚。

 參 考

"Need any help?" 是 "Do you need any help?" 的省略用法。

That's a shame.
真遺憾!

這是對於他人遇到的倒楣事,心裡感同身受時的話語。

 狀況劇

安慰沒趕上火車的朋友。

A：I missed the train this morning and lost the money I spent on my reserved seat.
B：That's a shame.
A：Yeah. I had to take the next train and stand for two hours. I'm certainly going to get to the station on time next time.
B：Yeah. It's a waste of money otherwise.

A：今天早上錯過了那班已經劃好位的火車,連車票錢也浪費了。
B：真遺憾!
A：就是啊。結果我得搭下一班車,整整站了兩個鐘頭。下次我可要準時到車站。
B：對啊,不然你又要白花錢了。

 發音技巧

shame 要讀成主重音。

參 考

也可以說成 "What a shame!"。

It's very kind of you.
你人真好

道謝時明確說出對方的優點，可以讓聽的人覺得特別開心。使用時可以接在 "Thank you." 之後，說明你很感謝對方的親切與體貼。

狀況劇

出國玩的朋友帶回禮物。

A：Here, I got you something when I went to Hawaii.
B：Really? Thanks so much. It's very kind of you.
A：Well, it's just a little something that I thought you would like.
B：Well, thanks for thinking of me.

A：來，這是我從夏威夷帶回來的小禮物。
B：真的嗎？謝謝你，你人真好！
A：沒什麼啦，只是個小東西，我想你應該會喜歡。
B：噢，謝謝你想到我。

發音技巧

kind 的部份要加重語氣。

參考

kind 也可以改成 nice 或 good。

That's it! 就是這句話!

What's new?
最近如何？

朋友久未見面，再碰面時，總習慣先詢問對方的近況，像是「換了工作沒？」「有沒有什麼喜事呀？」等等，這種習慣是沒有國別之分的。

 **狀況劇**

與久未見面的老友碰面。

A：What's new?
B：Well, I got a new job.
A：Really? What kind of job?
B：I'm working for a company that makes tennis rackets.
A：Really? That sounds interesting.

A：最近怎麼樣？
B：我換了個新工作。
A：真的嗎？什麼工作？
B：一家製造網球拍的公司。
A：哦，聽來頗有趣呢！

發音技巧

What's néw? ↘，句尾的 new 要加重語氣。

參 考

這個句子的完整說法是 "What's new with you?"。

63

What do you mean?
你的意思是…？

覺得對方的話似乎有所保留，想要進一步詢問原委時，英語是說 "What do you mean?"。

狀況劇

二名同事在對話。

A：I'm getting tired of this situation.

B：What do you mean?

A：If I don't get a raise soon, I'm going to quit my job.

B：Why don't you talk to your boss about it?

A：我已經受不了這種情況了。

B：你是說……？

A：如果最近還不能加薪，我就要走人了。

B：你為什麼不去跟你的主管談談呢？

發音技巧

句尾語調下降，mean 讀重音。

參 考

另一個說法是 "What do you mean by ~ ?"。

（例）What do you mean by that?（你那麼說是什麼意思？）

Why not?
有何不可

當他人提出建議或勸誘，覺得「沒有拒絕的道理！」、「好啊」時，這句回應帶有相當隨和的味道。

 狀況劇

宴會中，主人殷勤勸酒。

Host ：How about another drink?
Guest：Why not?
Host ：And some more snacks?
Guest：Sure. The night's still young.

主人　：要不要再來一杯啊？
客人　：也好！
主人　：再來點點心吧！
客人　：好啊，反正還不是很晚。

發音技巧

Why not? ↘，句尾語調下降。

參　考

"Why not?" 也可以用作反問。

A：You shouldn't date that blonde.（你實在不該約那個金髮女郎。）

B：Why not?（為什麼不行？）

What do you do?
您在哪高就？

　　這是用來詢問對方職業的說法。不管是哪國人，好像大家對於第一次見面的人，都喜歡問對方從事何種職業。

狀況劇

　　偶然相識的兩人聊了起來。

A：What do you do?

B：I'm an electric engineer at XYZ Corporation. How about you?

A：I work for a publishing company.

B：Really? What kinds of material do you publish?

A：你在哪高就？

B：我是 XYZ 公司的電氣技師，你呢？

A：我在出版社上班。

B：喔，你們出版哪些東西呢？

發音技巧

　　第二個 do 讀成主重音。

參　考

　　這個句子也可以用進行式。

A：What are you doing?（您的職業是？）

B：I'm a student.（我是學生。）

Sorry I'm late.
抱歉、我遲到了！

這是為自己的遲到表達歉意的說法，用法和 "Sorry to have kept you waiting."（抱歉讓你久等了）相同。

 狀況劇

因為塞車而遲到。

A：Sorry I'm late. The traffic was terrible.
B：That's all right.
A：I'll leave earlier next time.
B：Don't worry about it.

A：對不起，我遲到了！塞車塞的太嚴重了。
B：沒關係！
A：下回我會早點出門的。
B：別在意了啦！

發音技巧

重音位於 Sorry 與 late 兩個字上。

參考

"(I'm) Sorry to have kept you waiting." 念起來太繞口，意思既然差不多，挑句簡單的背誦也許就夠了。

Don't get me wrong.
別誤會！

當覺得對方誤解自己的意思，想趕緊澄清時，絕對用得到這句話。

狀況劇

澄清同事對自己的誤會。

A：I always hear you are complaining about your job. If you don't like it so much, why don't you quit?

B：Don't get me wrong. I like my job. I just wish I got paid more money.

A：總是聽你抱怨工作，如果你真的這麼不喜歡這份工作，何不乾脆辭了算了？

B：你可別誤會了！我喜歡這份工作，只是希望薪水能高一點。

發音技巧

主重音落在 wrong。

參考

get 也可以用 take 代替。

（例）Don't take me wrong.（別想歪！）

That depends.
看情況

當一件事情還有變數，暫時無法給予對方肯定的答覆時，最簡單的方式就是回說 "That depends."，對方就能了解你的意思了。

 **狀況劇**

同事邀約下班後去喝一杯。

A：How about a drink tonight after work?

B：That depends. My boss might ask me to work late.

A：Really? Well, let me know by five o'clock if you can come or not.

A：下班後去喝一杯吧？

B：看情況囉，我的主管說不定會要我加班！

A：是嗎？那麼五點前告訴我你到底能不能來。

發音技巧

注意 depends 的發音，句尾的 ds [dz] 要合併念成一個音。

參考

如果對方說完 "That depends." 就不說了，而你又是打破砂鍋問到底的個性，這時不妨用 "On what?"（哪種情況）來問個清楚。

What are you talking about?
你在說什麼啊！

這句話帶有「你在胡說八道什麼」的含義，反駁的語氣非常強烈。

 狀況劇

兩名同班同學在聊天。

A：Mary is the smartest girl in the class.
B：What are you talking about? She failed the math test we had the other day.
A：Really? I didn't hear that.

A：瑪莉是班上最聰明的女孩。
B：你在說什麼啊？她上回的數學測驗考的可差呢！
A：真的嗎？我怎麼沒聽說。

 發音技巧

句尾語調下降，主重音位於 talking。

參 考

這句話也可以說成 "I don't know what are you talking about."（我不知道你在說什麼），句子長了些，語氣也沒那麼挑釁。

That's it! 就是這句話!

Don't be silly.
別傻了

覺得對方的想法、要求不切實際,或是不以為然時,不妨以這句話回應回去。

狀況劇

兩個人在餐廳搶著付帳。

A：Let me pay for this.
B：Don't be silly. You paid for lunch last time. It's my turn.
A：All right, if you insist.

A：我來付吧!
B：別鬧了!上回午餐是你請客,這次換我請。
A：好吧!如果你堅持的話。

發音技巧

主重音在 silly [ˈsɪlɪ]。

參 考

也可以將 silly 改成 foolish 或是 ridiculous。

It's the other way around.
剛好相反

覺得事實與對方所想的完全相反時的澄清說詞。

兩個熟人之間的談話。

Man	: I heard Bill broke up with you.
Woman	: No. It's the other way around. I broke up with him.
Man	: Well, that's not what Bill is saying.
Woman	: Bill is wrong. I broke up with him because I couldn't stand his selfish ways.
Man	: It's a good thing that people don't believe what Bill says.

男	：我聽說比爾和妳分手了。
女	：不，剛好相反，是我提出分手的。
男	：噢，比爾他不是這樣說的。
女	：他亂講。我提出分手，因為我受不了他的任性。
男	：還好沒人相信比爾的話。

發音技巧

around 讀成主重音。

參考

你也可以考慮用 about 替代 around。

I'm a stranger here.
我對這兒不熟

問路時的慣用語。俗話說「路是問出來的」，出門在外迷路可就慘了，說這是一句生存英語應該不為過。

 參 考

向路人詢問郵局的方向。

A：Could you tell me how to get to the post office?

B：It's down the street two blocks. You can't miss it.

A：Thanks a lot. I'm a stranger here and I don't know my way around yet.

A：請問郵局該怎麼走？

B：沿著這條街走下去過兩個路口，你就可以看到了。

A：多謝！我對這兒不熟，對於街況還不是很清楚。

 發音技巧

stranger 的發音是 ['strendʒɚ]。

 參 考

你也可以說得再誇張一點——

"I'm a complete stranger here." （我連東南西北都分不清！）。

That's none of your business
少管閒事

當對方問到關於個人隱私或是你覺得沒有必要回答的事情時，有時可以如此加以反駁。但是，口氣千萬不要太差。

 狀況劇

女性被問到年齡時過度反應。

Man	: How old are you?
Woman	: I'm afraid that's none of your business.
Man	: Oh, sorry. I didn't mean to be rude. It's just that I need that information for your insurance.
Woman	: Oh, well, in that case I'm forty-four years old.

男	：妳今年貴庚？
女	：我想這不干你的事吧！
男	：喔，對不起！我無意冒犯，只是保險公司必須知道妳的年齡。
女	：噢，這樣的話嘛，我今年 44 歲。

發音技巧

That's none of yóur bùsiness. ，your 的部份要加重語氣。

參考

如果把 your 改成 my，意思則變成「那關我什麼事、我怎麼會知道」。

（例）It's none of my business.

7 That's what you say.
那是你的說法

　　對於對方的說法持保留態度，既不贊同又不想明講時，"That's what you say." 是個不傷和氣，又能表達自己立場的說法。

 狀況劇

　　兩個好友閒來無事，談起男女八卦。

A：John broke up with Mary.

B：That's what you say. But I heard it was the other way around.

A：No. John said he was tired of Mary and wanted to date other girls.

A：約翰和瑪莉分手了。

B：那是你的說法，我聽到的正好相反。

A：不，約翰說他受夠瑪莉了，想要跟別的女孩子交往。

發音技巧

　　主重音位於 you。

參 考

　　"That's what I said."（我是麼說過。）是對自己之前說過的話加以承認。

Here we go!
出發吧!

許多人可能都有過這種經驗,當一切就緒,大夥準備外出時,如果沒來上一句「好了,走吧!」「出發吧!」或「上路吧!」,好像總有件事還沒做似的。這句話的英語就是 "Here we go!"。

 狀況劇

夫妻倆準備驅車前往大峽谷。

Wife	: Are you ready? Is everything in the car?
Husband	: Everything is in the trunk. Our suitcase, our picnic, everything.
Wife	: Here we go! Grand Canyon, here we come!

妻子	:都準備好了嗎?車上該帶的都帶了吧!
丈夫	:都在後車廂裡了,皮箱、野餐盒,一應俱全。
妻子	:那就出發吧,大峽谷,我們來囉!

發音技巧

句尾的 go 語氣要唸重一些。

參考

這句話也經常被用在開始做事前提振精神時的打氣用語。

(例)Here we go!(來,開始吧!)

Congratulations!
恭喜！

不管是入學、得獎，還是結婚，反正只要是值得慶祝的事，大概都用得到這句話。注意，congratulation 必須用複數形。

 **狀況劇**

在結婚典禮中向新郎致賀。

A：What a wonderful wedding! Thank you for inviting me.

B：Thank you for coming.

A：Well, congratulations on your marriage. I hope you will be very happy.

A：好棒的婚禮啊，謝謝你邀請我來。

B：我才要謝謝你抽空前來呢！

A：嗯，恭喜你結婚，祝你過的愉快。

發音技巧

congratulation [kənˌgrætʃəˈleʃən]，-gra- 為次重音，主重音是 -la-。

參考

據說以前如果在結婚典禮上說 "Congratulations!"，聽者會覺得你是在挖苦他，因為言下之意是「可讓你給矇到了」或是「真虧你找得到對象」。不過，現在已經沒有這種問題了。

Good luck!
祝你好運!

這句話是祝福他人一切順利時的慣用語，常用於對方上場比賽前，或是臨別時的贈語。

 狀況劇

教練叮嚀即將上場的打擊選手。

Manager：George, do your best.
George ：I always do my best.
Manager：Sorry. I mean, good luck, George.

教練　　：喬治，盡力打吧！
喬治　　：我一向都有盡力啊。
教練　　：抱歉，我的意思是祝你好運。

 發音技巧

Gòod lúck!，主重音落在 luck。

 參　考

在激勵運動選手時，如果該名選手沒有偷懶、摸魚，用 "Do your best." 或是 "Try your best." 等說法，似乎有些失禮。

Can you make it?
你能參加嗎?

這句話經常用來詢問對方是否能來參加聚會等時的情況。

 狀況劇

詢問對方是否出席。

A：There is going to be a special meeting after work today. Can you make it?

B：I'm pretty sure I can.

A：That's good because we are going to discuss the company's short term plans for next year.

A：今天下班後有個特別會議,你能參加嗎?

B：我確定我可以參加。

A：那太好了,因為我們要討論公司下個年度的短期計畫。

發音技巧

make 讀重音,句尾語調上揚。

參 考

make it 也可以解釋為「成功」的意思。

(例) I hope you'll make it. (希望你能成功。)

As usual.
老樣子

「如同以往,一成不變」的口語說法。

 狀況劇

和久未見面的朋友閒聊。

John:Hi, Kate. What's new?

Kate:As usual. There's nothing new under the sun.

John:You said it! Nothing happens, nothing changes in this town.

約翰:嗨,凱特,最近好嗎?

凱特:還是老樣子,太陽底下無啥新鮮事啦!

約翰:你說得對,這城市總是一成不變。

發音技巧

as 弱讀 [əz],念快一點時,[z] 和 usual 的 [ju] 連音,念成 [ʒu]。

參 考

這句話也可以說成 "Same as usual."。

I can't stand it.
我受不了了！

　　人的忍耐是有限度的，當你被逼急時，耍耍脾氣大吼一聲「我受不了了！」也許可以讓你好過一些。

 **狀況劇**

　　接到莫名的無聲電話。

> A：Who was on the phone?
> B：I don't know. The caller hung up on me.
> A：Was it a crank phone call?
> B：I don't know. But I can't stand it when someone calls and then just hangs up.

> A：誰的電話？
> B：我不知道，電話馬上就掛了！
> A：是惡作劇的電話嗎？
> B：我不知道，可是我很受不了當我拿起電話，對方就立刻掛斷。

發音技巧

　　主重音落在 stand。念快一點時，stand it 聽起來像是 [ˋstændɪ]。

參考

　　stand 後面可以接動名詞或 that 子句。

（例）I can't stand his coming to the party.（我無法忍受他來參加宴會。）

Let's go check it out.
去看看吧！

所謂「百聞不如一見」，常聽人家說哪家餐廳好吃、哪部電影好看，聽來聽去都不如自己撥些時間親自去看看，這句話的英語就是" Let's go check it out." 。

 狀況劇

累得不想做晚餐的妻子提議上館子。

Wife	: I'm too tired to cook. Let's go out for dinner.
Husband	: O.K. I read in the newspaper that Romeo's Restaurant serves really good pizza.
Wife	: Well, let's go check it out.
妻子	：我好累，不想做飯了，我們去外面吃吧！
丈夫	：好啊，報紙上介紹過羅密歐餐廳的披薩很不錯呢！
妻子	：好，那我們就去試試看吧！

發音技巧

Let's go chèck it óut. ，主重音落在最後的 out。

參 考

其實正式的用法應該是 go and check，但是在口語中經常省略 and。

Cheer up!
打起精神來

　　看到對方落寞失意，若能適時給與一句加油打氣聲，相信對方一定覺得很窩心。

 狀況劇

　　安慰被上司斥責的同事。

A：My boss shouted at me this morning.
B：What did you do?
A：Nothing. He just started yelling at me for no reason at all.
B：Cheer up! I heard he shouts at everyone.

A：我上司今天早上刮了我一頓。
B：你做了什麼嗎？
A：沒有啊，他無緣無故地劈頭就罵。
B：打起精神來！聽說他對每個人都是這樣！

發音技巧

　　Chèer úp!，up 讀主重音。

參考

　　cheer 如果寫成 "Cheers!"，意思就變成「乾杯！」。
（請參照第 84 頁）

Cheers!
乾杯！

乾杯有許多種說法，這是最常聽到的一種。要注意，這裡的乾杯不是要你一飲而盡，而是互相舉杯敬酒的意思。

狀況劇

舉杯慶賀朋友升遷。

A	: What shall we drink to ?
B	: How about Mary's promotion?
A, C	: Great idea!
B	: To Mary!
A, B, C	: Cheers!

A	: 說個理由來讓我們乾杯吧？
B	: 慶祝瑪麗升官如何？
A, C	: 好主意！
B	: 敬瑪麗！
A, B, C	: 乾杯！

發音技巧

[tʃɪrz]，聲音要盡量宏亮，才有開懷暢飲的氣氛。

參考

「乾杯！」也可說成 "Toast！"。沒錯，就是土司麵包的「土司」那個字。

I miss you.
我好想你

這句話在情歌中常常出現，意思是「你不在身邊，我覺得有些落寞」。

狀況劇

打電話給出差的同事。

A：When are you coming back from your business trip?

B：I don't know. Maybe next Wednesday.

A：Hurry back. I miss you. The boss keeps giving me all your work.

A：你出差到什麼時候回來？

B：我也不清楚，或許下個禮拜三吧。

A：快點回來吧！我好想你！老闆把你的工作都扔到我頭上啦！

發音技巧

miss 和 you 讀成連音 ['mɪʃu]。

參　考

miss 另外也可以解釋為「遺失」。

（例）I missed my wallet.（我皮夾掉了！）

I can't do without it.
我不能沒有它

覺得某人或某件事物對你而言是不可或缺時,這句話是非常貼切的說法。

早晨起床時,發覺非得要喝咖啡才有精神。

A : I really need a cup of coffee in the morning to get me going.

B : Me, too. I can't wake up without one.

A : That's for sure. I can't do without it.

A : 我早上真的需要一杯咖啡來清醒一下。

B : 我也是,沒有咖啡我就起不來了。

A : 一點也沒錯,我不能沒有它。

 發音技巧

句中的 do 讀主重音。

參 考

do without ~ 是「沒有~也可以」的慣用語,也可以用於被動式。

(例) Television can be done without.

(沒有電視也可以過日子。)

That's it! 就是這句話!

I think so.
我想是的

針對對方所提的問題，如果你覺得：「沒錯，我就是這麼認為」時，最常見的回答就是 "I think so."。

 狀況劇

被他人問到該不該帶傘時。

A：Do you think I should take an umbrella with me?
B：I think so. It looks like rain.
A：What about my raincoat?
B：No, I don't think you'll need that.

A：你認為我需要帶傘出門嗎？
B：我覺得要，看來快下雨了。
A：那雨衣呢？
B：那應該不需要吧。

 發音技巧

I thínk sò.，think 讀成主重音。

參 考

如果自己的意見正巧與對方相同，則可以說 "I think so, too."。

87

I agree with you.
我同意你的看法

這是贊同對方意見時的說法。

 狀況劇

在餐廳裡吃完非常難吃的一餐。

A：I'll never eat at that restaurant again.
B：I agree with you. It was terrible.
A：We should've complained to the chef.
B：Yes, but it's too late now.

A：我再也不會去那家餐廳吃了。
B：你說得對，太難吃了。
A：我們應該向廚師抱怨才對。
B：嗯，不過現在來不及了。

 發音技巧

主重音在 agree [əˋgri]。

參 考

要表達非常同意對方的意見時，加上適當的副詞修飾是個不錯的作法。例如 "I quite agree with you."。

Are you O.K.?
你還好吧？

看見朋友氣色不好或狀況不佳時，口語中經常使用這一句親切的問候語。

 狀況劇

問候看來氣色不佳的朋友。

A：Are you O.K.?
B：I feel a little ill.
A：Why don't you sit down?
B：Thanks. I appreciate your concern.

A：你還好吧？。
B：我覺得有點不舒服。
A：坐下來休息吧！
B：謝謝你的關心。

發音技巧

O.K. 的發音可以是 [ˌoˈke]，或是 [ˈoˌke]。

參 考

O.K. 也可以寫成 OK 或是 okay。關於這個字的起源，目前最可信的說法是從 all correct 的另類拼法 oll korrect，取其字首演變而來。

Good for you!
真有你的！

對方有好的表現時，身為朋友、家人的當然是與有榮焉，一定會覺得「太好了！」，替他覺得高興。這句話的英語就是 "Good for you!"。

 狀況劇

誇獎兒子考了好成績。

Mother：Hey, how come you're so cheerful today?
Son　　：I'm so happy! I got an A on my exam.
Mother：Well, good for you! That's wonderful news.
Son　　：I was afraid I would fail the test so I studied really hard.

母親　：你今天是怎麼了？這麼高興？
兒子　：我好高興喔，我考試得了個 A 呢！
母親　：不錯嘛！這可是天大的好消息。
兒子　：我就是怕會考不好，所以才拼命 K 書啊。

 發音技巧

Góod for yóu!，重音落在 Good 與 you。

參　考

英式英語的習慣是說 "Good man!"。

Guess what!
我跟你說喔…

講私密話時，第一句話如果是「跟你說一件事」或是「猜的到我要說什麼嗎？」，相信對方一定會立刻豎起耳朵聽。

 狀況劇

一個即將閃電結婚的女性與友人的對話。

A：Guess what! I'm getting married.
B：I thought you were already married.
A：I was married. But I got divorced last year. I'm getting married again.
B：Well, I guess congratulations are in order. Congratulations!

A：跟你說一件事，我要結婚了！
B：妳不是早就結婚了嗎！
A：我是結過婚，但是去年離婚了。現在又要再婚了。
B：噢，我想還是得恭喜妳，恭喜！。

發音技巧

Gùess whát! ↘，主重音落在 what。

參 考

一些喜歡故弄懸虛的朋友，可能會在 "Guess what!" 之後停頓好幾秒，為避免場面太尷尬，這時你不妨配合他，回問 "What?"↗（什麼事？），讓對方把想說的話說出來。

I've come to like Japan.
我喜歡上日本了

　　聽到外國人說漸漸喜歡自己的國家或城市時，相信沒有人會不開心的。這是一句非常好用的社交英語。

 狀況劇

　　詢問訪日滿一年的美國友人的心情。

A：How do you like it here?

B：I hated it at first. I was so homesick.

A：How about now?

B：Now it's O.K. I've made a lot of friends and I've come to like Japan.

A：你喜歡這裡嗎？

B：起初很討厭，因為我非常想家。

A：那現在呢？

B：現在就好啦，我交了許多朋友，也漸漸喜歡上日本了。

發音技巧

　　I've còme to lìke Jápan.，地名 Japan 的部份語氣要最強。

參　考

　　這句話也可以說成 "I've come to like it in Japan."。代名詞 it 指的是個模糊的概念，可以是指在日本的生活或是日本的人事物。

May I help you?
能為您效勞嗎？

這句話可以說是服務業的最高信條，常見於店員自動詢問客人有何需要，或是商業英語中常見的電話應對。

 狀況劇

公務電話上的應對。

A：Good morning. ComSystem. May I help you?

B：Good morning. This is John Smith from Sun Technology.

　　May I speak to Mr. George Kay, please?

A：Just a moment, please.

A：早安！這裡是寇姆系統，我能為您效勞嗎？

B：早安！我是昇揚科技的約翰史密斯，請幫我接喬治凱先生。

A：請稍候！

 發音技巧

May I hélp you? ↗，help 為主重音，句尾語調上揚。

參考

"Can I help you?" 也是經常聽到的說法。

Hold on, please.
請稍候

電話用語。通話中要求對方等候、暫時別掛電話時的常見說法。

公務電話上的應對。

> A：May I speak to Mr. Jones?
> B：May I ask who's calling?
> A：This is Joe Smith.
> B：Hold on, please. I'll see if he's in.
>
> A：麻煩請找瓊斯先生！
> B：請問是哪裡找？
> A：我是喬史密斯。
> B：請稍候，我看看他在不在。

Hòld ón, please.，on 讀主重音。

參 考

這句話也可以說成 "Hang on."。順帶一提，「掛電話」的英語是 hang up。

Speaking!
我就是！

當來電者找的人正巧就是接電話者本人時，這是一句最簡潔的回話方式。

狀況劇

接到朋友的來電。

A：Is Robert at home?
B：Speaking.
A：Hi, Robert. This is Ted. I'm calling to make sure that you have received the letter I faxed this morning.

A：請問羅伯在嗎？
B：我就是！
A：嗨，羅伯！我是泰德，我想確定一下你有沒有收到我早上發的傳真。

發音技巧

Spéaking! ↘，句尾語調下降。

參考

如果打電話的人覺得有必要先表明身分，這時開頭的第一句話可以說 "Hello, this is Smith speaking."。

You've got the wrong number.
你打錯了

這是當我們接到打錯的電話時最常回的一句話。

 狀況劇

接到打錯的電話。

A：Is Karen there?
B：Sorry. You've got the wrong number.
A：But, is this 456-3322?
B：Yes, it is. But there is no one here by the name of Karen.
A：Oh. Well, sorry to bother you.

A：凱倫在嗎？
B：對不起，你打錯囉。
A：這裡是 456-3322 嗎？
B：沒錯，但是這裡沒有叫做凱倫的人。
A：呢，抱歉打擾你了！

 發音技巧

You've got the wròng númber. ↘，主重音位於 number。

參考

另一個說法是 "I'm afraid you have the wrong number."。

Speak up!
大聲點！

當你聽不清楚對方在電話中的聲音，想請對方「說大聲一點」時，這是直截了當的說法。

 狀況劇

女兒打電話回家。

> Kim ：Mom, it's me.
> Mom：Who? Oh, Kim. Well, speak up! I can't hear you.
> Kim ：Oh, sure. Can you hear me now?
> Mom：Just barely.

> 金 ：媽，是我。
> 母親 ：誰？喔，是金啊，說大聲點！我聽不太清楚。
> 金 ：噢，好。這樣可以嗎？
> 母親 ：嗯，勉勉強強。

發音技巧

Spèak úp!，up 要讀成主重音。

參 考

比較禮貌的說法是 "Would you mind speaking up?" 或是 "Could you speak up?"。

Is this Ms. Yamada?
請問是山田小姐嗎？

在電話用語中有項很重要的原則是，不管是確認對方身分還是自報姓名，一律都是用 this 來代稱。

狀況劇

打電話給山田小姐，其秘書代接。

A：Is this Ms. Yamada?
B：No, it isn't. This is her secretary.
A：Is Ms. Yamada in?
B：Sorry, I'm afraid she's out at the moment.

A：請問是山田小姐嗎？
B：不，我是她的秘書。
A：那請問山田小姐在嗎？
B：抱歉，她現在外出。

發音技巧

Is this Ms. Yamada? ↗，句尾語調要上揚。

參考

英式英語是以 this 表示自己，而以 that 稱呼他人。
（例）Hello. Is that you, John? This is Mum speaking.
　　　（喂喂，是約翰嗎？我是媽媽啦！）

That's it! 就是這句話!

 # Who's this speaking?
請問您是…？

當你打電話過去，不知道接電話的人是誰時，通常的問法是 "Who's this speaking?"。

 **狀況劇**

找的人不在，電話那頭傳來陌生的聲音。

> A：Who's this speaking?
> B：This is Jenny Lee. I'm filling in for Mary Yamada today.
> A：Oh. I was hoping to speak to Miss Yamada about a personal matter.
> B：I'm sorry. Please call back tomorrow.

> A：請問您是……？
> B：我是李珍妮，我今天代山田瑪麗的班。
> A：呃，我本來想找山田小姐談一些私事的……。
> B：很抱歉！麻煩您明天再撥。

發音技巧

Who's this speaking? ↘，句尾語調下降。

參考

在句尾加上 please，整句話變成 "Who's this speaking, please?" 是較為禮貌的說法。

99

Can I talk to Mr. Stone?
請找史東先生！

公司行號多半都有總機,所以接電話的通常不是你要找的那個人,這時就必須麻煩對方幫你轉接。

 狀況劇

打電話到史東先生上班的地方。

Jane	: Good afternoon. Can I talk to Mr. Stone?
Operator	: May I ask who's calling?
Jane	: This is Jane Hall from ComSystem.
Operator	: I'm sorry, he's not in right now.
Jane	: Well, then, when will he be back?
Operator	: I'm not sure, but I believe he'll be back by three.

珍	：午安,麻煩請找史東先生！
總機	：請問您哪位？
珍	：我是寇姆系統的珍霍兒。
總機	：很抱歉,史東先生現在不在。
珍	：那,他什麼時候會回來？
總機	：我不確定,但應該是在三點左右吧！

 發音技巧

Can I tàlk to Mr. Stóne? ↗,讀成上昇調。

參 考

如果要語氣再客氣一點,可以考慮用 May 代替 Can。

Can I take a message
你要留言嗎？

又是一句電話中常見的用語，幫人代接電話時，常常會碰到對方希望留話的情形。順帶一提，「留言」的動詞片語是 leave a message。

詢問來電者是否要留言。

A：He's out for lunch. Can I take a message?

B：Yes, I'd appreciate that. I'd like to leave a message for him.

　　Please tell him that I have sent the quotation by fax.

A：Certainly.

　

A：他出去吃飯了，你要留言嗎？

B：是的，謝謝你！麻煩你轉告他我已把估價單傳真過去了。

A：好的。

發音技巧

Can I tàke a méssage? ↗，主重音落在句尾的 message。

參　考

若是自己要求留言時，則要說 "I'd like to leave a message for him."。

I'll call back later.
我晚點再打

當你要找的人不在，或是當時不方便接電話時，不妨選擇稍後再打。這句話的英語就是 "I'll call back later."。

狀況劇

打電話到朋友的公司。

A：Good afternoon. Can I talk to Mr. Spencer?

B：I'm sorry he's not in the office right now.

A：Well, then, when will he be back?

B：I think he will be back by three.

A：O.K. I'll call back later. Thank you.

A：午安，請找史賓塞先生！

B：很抱歉，他現在不在辦公室。

A：那他大概什麼時候回來？

B：三點左右吧！

A：好，那我晚點再打。謝謝你。

發音技巧

I'll càll bàck láter. ↘，句尾語調下降。

參 考

這句話也可以說成 "I'll call again later."。

I'll have him call you.
我會請他回電給你

　　幫人代接電話時並不是每次對方都會要求留言，有時可能只是希望你代為轉達「請他回電給我」，這時要記得向對方再重申一次 "I'll have him call you." 哦！

 狀況劇

　　公務電話上的應對。

A：Good afternoon. May I speak to Mr. Taylor?
B：I'm sorry he isn't in right now.
A：O.K. Then would you ask him to give me a call when he gets back?
B：Certainly. I'll have him call you.

A：午安，請找泰勒先生。
B：很抱歉，他現在不在。
A：呃，那麻煩您轉告他，請他回來後回個電話給我好嗎？
B：好，我會請他回電給你！

發音技巧

I'll háve him cáll you. ＼，主重音落在 call。

 參考

have 是使役動詞，表示「叫（某人）做～」之意。

Just a minute, please.
請稍候！

又是一句標準的電話用語。請對方在線上稍作等候時的慣用語。

狀況劇

公務電話上的應對。

A：Good morning. ComSystem. May I help you?
B：Good morning. This is John Smith from Klox. May I talk to Mr. Spencer?
A：Just a minute, please.

A：早安！這裡是寇姆系統，我能為您效勞嗎？
B：早安！我是克洛克斯的約翰史密斯，麻煩請找史賓塞先生。
A：請稍候。

發音技巧

Jùst a mínutes, Plèase. ⤴ ，句尾語調要輕微上揚。

參 考

英式英語習慣以 moment 代替 minutes，說成 "Just a moment, please."。

That's it! 就是這句話!

How much?
多少錢？

詢問商品價格的說法有很多種，但 "How much?" 絕對是所有人最熟悉的一個。

 狀況劇

服飾店店員與客人的對話。

A：Here's sweater I think would look great on you.
B：Really?
A：Yes, it's a cashmere blend. You'll love it.
B：Sounds expensive. How much?

A：這件毛衣應該會很適合你。
B：是嗎？
A：對，這是喀什米爾羊毛混紡的，你一定會喜歡。
B：聽來好像很貴，多少錢啊？

發音技巧

Hòw múch? ↘，主重音落在 much 的部份。

參 考

句尾也可以補上物品的名稱，例如 "How much is this T-shirt?"。

I have to go now.
我該告辭了！

在朋友家作客，看看時間是該向朋友告辭時所用的慣用語。

 狀況劇

在朋友家作客，正打算告辭。

A：Thanks for a wonderful evening. I'm afraid I have to go now.

B：So soon? But it's ten o'clock.

A：I know. But I have to get up early tomorrow for work.

B：All right. Well, come again soon.

A：謝謝你今晚的招待，我想我該告辭了！

B：這麼快？現在才十點啊！

A：我知道，但我明天得早起工作。

B：好吧！那有空再過來坐！

 發音技巧

主重音落在 go。have to 的讀音是 ['hævtə]，to 讀弱音。

參 考

has to、had to的讀音分別是 ['hæztə]、['hæd(t)ə]。

Is a cab available here?
叫得到計程車嗎？

available 意指「可利用的」，主詞可以是計程車、客房服務(意思是否提供這類的服務)，甚至是人（此時意指對方是否有空）。

 狀況劇

客人詢問附近是否招得到計程車。

A：Is a cab available here?

B：No, I'm sorry. But I'd be glad to call one for you.

A：Thanks. I appreciate that.

B：I'll call one for you right now.

A：這裡叫得到計程車嗎？！

B：恐怕不行，我用電話幫你叫一台好了。

A：謝謝，感激不盡。

B：我馬上打電話。

發音技巧

available 的發音是 [əˋveləbḷ]。這是個很好用的單字，請多加熟練運用。

參考

主詞是人的例句有——

"Is the doctor available this morning?"（早上醫師有空嗎？）。

It's on me.
我請客

打算請人吃一頓時的慣用語。

 狀況劇

與朋友上館子吃飯。

A：This restaurant looks very expensive.
B：Don't worry about it. It's on me.
A：Really? That's nice of you.
B：Well, I just got paid yesterday. I feel rich!

A：這家餐廳看起來好像很貴。
B：別擔心,我請客!
A：真的嗎?你人真好。
B：嗯,昨天剛領薪水,現在口袋麥克麥克哩!

 發音技巧

It's on mé.,句尾的 me 讀成主重音。

參 考

如果是店家要請客,則說 "It's on the house."。

Never say die.
不要輕言放棄

字面上的意思是「千萬別用死這種字眼！」死了就真的什麼都沒了，引申為激勵對方千萬別灰心、振作起來！

 狀況劇

規勸想要放棄選修課程的朋友。

A：I hate the class. I want to quit.
B：Don't quit. You'll regret it if you do.
A：I suppose you're right. I'll hang in there.
B：Good for you! Never say die.

A：我討厭這種課，不想唸了。
B：不要啦，以後你會後悔的！
A：我想你說得對，我會撐下去的。
B：這才對嘛。不要輕言放棄！

發音技巧

Néver sày díe. ↘，主重音有兩個，never 與 die。

參 考

仔細區分的話，"Never say die." 的語感是「別絕望！」、「振作！」、「鼓起勇氣來！」；"Hang in (there)." 則有「加油！」、「堅持下去」的意思，兩者都是用來鼓勵人的用語。

Me, too.
我也是

這句話是一般人用來表示自己的想法與對方相同時最常用的說法，比 "So do I." 更加口語化。

 **狀況劇**

兩個朋友聊到了歐洲旅行。

A：I've always wanted to go to Europe.
B：Me, too.
A：Why don't we plan a vacation there?
B：All right. Let's start saving our money today!

A：我一直好想去歐洲喔。
B：我也是耶。
A：我們何不計畫個歐洲假期？
B：好呀！從今天開始存錢吧！

發音技巧

Mè, tóo. 的 too 讀成主重音。

 **參 考**

舉例來說，要正面回應與人有相同意見或想法時，可以用 "I do, too."、"So do I." 等說法，但是最口語的一種還是 "Me, too."。

Me, neither.
我也不是

當你的想法和對方一樣「都不~」時,這是一個很簡潔的搭話方式。

 狀況劇

兩個客人走出餐廳之後的談話。

A : That was a great lunch. I'm full.
B : Me, too.
A : I don't think I want to eat any dinner tonight at all.
B : Me, neither. I can't even think about food now.

A : 好豐盛午餐,吃的好飽!
B : 我也是。
A : 我想我今晚應該不會想要吃晚餐了。
B : 我也不吃了,現在想到食物就害怕。

發音技巧

Mè, néither. ↘,主重音落在 neither。

參 考

發現了沒?同樣都是贊同對方的意見,當對方說的是肯定句時,以 "Me, too." 回應;如果是否定句時,則要改用 "Me, neither."。

Same here.
我也一樣

對於對方的意見深表同感，表示「我附議」的說法。

 狀況劇

和室友談論週末要如何度過。

> A：What do you want to do today?
> B：Nothing much. There's nothing I like better than staying home on the weekend.
> A：Same here.
> B：Great. So let's get some videos to watch and order in some pizza.

> A：你今天打算要幹啥？
> B：不打算幹啥，週末最好的去處就是待在家裡了！
> A：我也是這麼想。
> B：那好，我們去租些錄影帶，順便叫個披薩。

發音技巧

Sàme hére. ↘，句尾語調下降。

參考

這句話同時也適用於當你在餐廳點餐時，想點的菜與同桌前一個點完菜的人相同時。

Who is it?
您是哪位？

這是回應門外有人叫門，而你看不見對方時的詢問語。

 狀況劇

與訪客之間的對話。

A：Hello, anyone at home?

B：Who is it?

A：It's me, Kathy.

B：Oh hi, Kathy. Come on in and have a seat.

A：嗨，有人在嗎？

B：您是哪位？

A：我是凱西啦！

B：喔，凱西啊，來來，進來坐坐！

發音技巧

Who is it? ↗，句尾語調輕微上揚。

參考

在英語中，當雙方不是面對面、說話者看不見對方時，正確的說法是 "Who is it?"，而不是 "Who are you?"。

I refuse to.
我拒絕！

「我拒絕！」——聽起來也知道沒有什麼轉圜的空間。用於斷然拒絕對方的要求時。

 狀況劇

朋友開口借錢。

A：Could you lend me two hundred bucks?
B：No, I refuse to.
A：Why not?
B：You haven't paid the money I lent you the other day. A person who borrows money should repay it as soon as possible.

A：可以借我二百元嗎？。
B：不，我拒絕！
A：為什麼？
B：你之前借的錢都還沒還。向他人借錢應該要儘早歸還。

 發音技巧

refuse to [rɪˋfjuztə]。

參 考

這裡的 to 是不定詞，後頭省略了動詞。

Coming!
來了！

這句完整的說法是 "I'm coming." 。主要用於當有人在呼喚你時，回應自己馬上就過去的招呼語。

 狀況劇

客人在前廳呼喚。

A：Hi, is anyone home?
B：Coming! I'm in the kitchen.
A：Take your time. I'll just have a seat right here.

A：嗨，有人在嗎？
B：來了！我在廚房呢。
A：你忙吧，我就坐這兒好了。

發音技巧

Coming! ↗，句尾語調輕微上揚。

參考

come 這個動詞，意思是說話者朝對方所在的位置移動。
（例）I'll come there in ten minutes.（我十分鐘後就到。）

Do you have the time?
現在幾點啦?

此句是口語中用來詢問時間的標準問句,另一個常見的說法是 "What time is it now?"。

狀況劇

向陌生人詢問時間。

A：Excuse me, my watch has stopped. Do you have the time?

B：Sure. It's twenty two before eleven.

A：Did you say twenty before?

B：No, I said twenty two before eleven.

A：對不起!我的手錶停了,請問現在幾點了?

B：再過 22 分就 11 點了。

A：你是說還差 20 分嗎?

B：不,我是說還差 22 分就 11 點了。

發音技巧

Do you hàve the tíme? ↗,主重音落在 time。

參 考

這裡的 the time,意思指的是「手錶」。如果把 the 去掉,變成 "Do you have time? 則是表示「你有空嗎?」。

..., you know, ...
…嗯…

這是一時想不出話時，插在句子中間作為接續後面話題的轉折語，本身並沒有太大意義，很多書籍譯為「你知道的」，有時可把它當作口頭禪。

兩個人在背地裡批評某個朋友。

A：I can't believe that she told such a lie.

B：I really believed her at first.

A：Me, too. But, you know, she is an actress. She can make us believe anything she says.

B：That's true. But I won't believe her from now.

A：真不敢相信她竟然說那種謊話。

B：我一開始還相信她呢！

A：我也是，但是，嗯…你要知道，她可是演員啊，可以讓大家都相信她所說的話。

B：這倒是。但是從現在起，我不會再相信她了。

you 的語氣要稍重一些。

參 考

'you know' 可以插入句子中的任何一個位置。

What for?
為什麼？

這是當你詢問對方：「要幹嘛？有何目的？」時可以使用的說法，與 "Why？" 類似，但不完全相同。

 狀況劇

母親要兒子打掃房間。

Mother：Don't forget to clean up this room before you leave for school.

Son　：What for?

Mother：Because we're having company tonight. That's what for.

Son　：Oh, I forgot. O.K. I'll clean up now.

媽媽　：去學校前，要記得打掃這間房間！

兒子　：為什麼？

媽媽　：因為今晚有客人要來，這就是理由！

兒子　：噢，我忘了，好吧，我現在就開始整理。

發音技巧

Whát fòr? ↘，主重音在 What。

參考

What 與 for 之間可以插入語句。

（例）What did you do that for?（你那麼做是為了什麼？）

How come ... ?
怎麼會…?

詢問事情「為什麼會…?怎麼會…?」或追問對方理由時,此句是口語中經常使用的表達方式。

二名男子正在閒談。

A:How come you know her E-mail account?

B:She told me.

A:No kidding! She keeps everything to herself.

B:I know. But how come you know I know her E-mail account?

A:你怎麼會有她的 E-mail 帳號?

B:她告訴我的。

A:別開玩笑了,她神祕的跟什麼似的。

B:我知道,可是你怎麼會知道我有她的 E-mail 帳號呢?

發音技巧

Hów come ... ? [hau kʌm],主重音落在 How。念快一點時,聽起來像是 [ˈhʌkʌm]。

只說 "How come?" 也可以。

So far, so good.
到目前為止一切順利

意思是事情的發展到目前為止，都還令人滿意。

 狀況劇

關於籌劃驚喜派對的對話。

A：How's everything going with the plans for the
surprise party?

B：So far, so good. She doesn't suspect a thing.

A：That's great. Now if we can just keep it a secret
for one more day, everything will be fine.

A：驚喜派對的計畫進行得怎麼樣了？

B：到目前為止一切順利，她還沒起半點疑心。

A：太好了，只要我們能再保密一天，就萬事 OK 了。

發音技巧

Só fàr, sò góod. ↘，主重音有兩個，第一個 so 與 good。

 參 考

surprise party 是指在當事人不知情的情況下，別人為其
舉辦的派對，諸如「驚喜慶生宴」之類。

That's it! 就是這句話!

... or something
…，還是怎麼來著

當說話者本身不是很確定，或只是單純不想把話說得太肯定時，口語中經常看到有人在句尾加上這句話。

 狀況劇

兩名美國人談到他們一名共同的友人 —— 日本留學生和子 (Kazuko)。

A：Have you seen Kazuko lately?
B：No, I haven't. The last time I saw her, she looked so down.
A：Is she homesick or something?
B：I guess so.

A：你最近有看到和子嗎？
B：沒有耶，我上次看到她的時候她好像很沮喪。
A：她是想家還是怎麼了？
B：我猜是吧！

 **發音技巧**

... or sómething? ↗，句尾語調輕微上揚。

 **參　考**

也可以說 ... or something like that.。

... and everything
…等等事情

列舉事物時，後半段有時可以以含糊的方式帶過。

 **狀況劇**

兩個朋友在對話。

A：I'm very tired tonight.
B：Why is that?
A：Well, you know, with my new job, night classes, moving to a new apartment and everything, I feel a lot of stress.
B：So why don't you go to bed early tonight and get a good night's rest?

A：今晚好累啊！
B：為什麼這麼累？
A：嗯，為了我的新工作、晚上的課程、最近剛搬家等等一堆雜事，壓力好大。
B：那你今晚就早點睡吧，好好睡它一覺。

發音技巧

and everything 聽起來像是 [ənˈɛvrɪˌθɪŋ]，and 的 d 音不明顯。

參考

with 代表「原因」，(what) with ~ and everything 解釋為「因為～的關係」。

That's it!
就是這句話！

I know how you feel.
我了解你的感受

　　安慰別人時的慣用語。所謂「同病相憐」，難過時如果有人表示他能理解你的感受，原本難以承受的傷痛，似乎也變得可以承擔了。

狀況劇

　　安慰失戀的朋友。

A：I'm so sad.
B：Why is that?
A：My girlfriend just broke up with me.
B：Oh, I know how you feel. My girlfriend just broke up with me, too.

A：我好難過喔！
B：怎麼啦？
A：我女朋友剛跟我分手了。
B：噢，我了解你的感受，我女朋友也剛跟我分手。

發音技巧

　　主重音落在句尾的最後一字feel [fil]。

參　考

　　break up with ~ 是「分手」的動詞片語。

I'll do it right away.
我馬上就去做

這也是一句慣用語，用於向對方保證「馬上處理」的積極態度。

 狀況劇

老闆與秘書的對話。

Boss	: Are you busy right now, Ms. Smith?
Secretary	: Not so much. Why?
Boss	: I have an urgent letter that needs to be typed up and sent to XYZ Corporation.
Secretary	: No problem. I'll do it right away.

老闆	：你在忙嗎？史密斯小姐。
秘書	：還好，有事嗎？
老闆	：我有封緊急信件得立刻打字，並且寄到 XYZ 公司。
秘書	：好的，我馬上處理。

 發音技巧

I'll dò it right awáy. ＼，主重音落在 away。

參 考

在口語中，美式英語有時也將 right away 說成 right off。

It's finally over.
終於結束了！

　　總算結束一連串持續性的事物或是長期的工作之後，想必大多數人內心都會忍不住吐出一句：「啊，終於結束了！」這句話的英語就是 "It's finally over."。

 狀況劇

　　電影散場後兩名觀眾的對話。

A：That's the worst movie I have ever seen.
B：Yeah. Thank goodness it's finally over.
A：I never thought it would end. I feel like I wasted my money.
B：Me, too.

A：那是我看過最糟糕的電影！
B：沒錯，感謝老天爺，終於演完了。
A：我還以為永遠不會結束呢。真是浪費我的錢！
B：我也是。

 發音技巧

　　It's finally óver. ↘，主重音落在 over。

 參　考

　　finally 可以用 at last 代替。

That's it! 就是這句話!

I'll check on it.
我要查看看

這是調查、釐清事實真相時經常用到的說法。注意不要和含有驗證意味的check it out弄混了（請參見第82頁）。

狀況劇

朋友正在安排美國之旅的行程。

A : Do you know if there are any trains that run from Las Vegas to the Grand Canyon?

B : I don't know. I'll check on it for you.

A : Thanks a lot. I'm planning a trip to the United States this summer and want to see as much as possible.

A : 你知不知道有沒有火車直接由拉斯維加斯開往大峽谷啊？

B : 不清楚耶，我幫你查看看。

A : 多謝啦，我打算今年夏天去美國玩一趟，儘量開開眼界。

發音技巧

I'll chéck on it. ，check 讀成主重音。

參　考

這句話也可以說成 "I'll check up on it."。

Would you do me a favor?
可以（請你）幫個忙嗎？

有求於他人時，經常用到此種說法。

 狀況劇

想請朋友幫忙寄信。

A：Would you do me a favor?

B：Well, it depends.

A：Can you drop these letters off at the post office for me?

B：Sure. No problem.

A：可以幫個忙嗎？

B：說來聽聽。

A：可以幫我把這些信拿去郵局寄嗎？

B：好啊，沒問題。

 發音技巧

Would you dò me a fávor? ↗，主重音落在 favor。

參　考

相較於 "May I ask a favor of you?" 或是 "I have a favor to ask of you."，這是句較簡單的說法。

It looks nice on you.
看來挺適合你

稱讚對方身上的服飾或配件看起來很適合他。

狀況劇

讚美朋友的新外套。

A：Hi, Kim. Is that a new coat?
B：Yes. I just bought it yesterday.
A：Well, it looks really nice on you.
B：Thanks a lot. I've been looking for a coat like this one for a long time.

A：嗨,金!這是新外套啊?
B：是啊,我昨天才買的哩!
A：嗯,看來挺適合你。
B：謝謝你,我找這樣的外套找了好久呢!

發音技巧

It lòoks níce on you. ↘ , 主重音落在 nice。

參考

美國人即使對不認識的人,也會說類似 "Nice sweater!" 或是 "You look nice in that sweater." 等稱讚別人的話,所以下次如果有不認識的人稱讚你,千萬別驚慌。

I'm lost.
我迷路了！

承認自己迷路並不是一件丟臉的事，尤其當你身在國外或陌生的地方時，這句話絕對有為你爭取同情分的效果。

 狀況劇

向路人問路。

A：Excuse me. I'm lost. Can you tell me where the post office is?
B：It's next to the bank across the street.
A：Thanks a lot.
B：Not at all. It's really easy to find. You can't miss it.

A：對不起，我迷路了，請問到郵局怎麼走？
B：就在對面的銀行隔壁。
A：謝謝您！
B：不客氣。真的很好找，你一定找得到。

發音技巧

lost [lɔst]，如果想求逼真的效果，lo- 的部份可以拉長半拍。

 參 考

「迷路」的動詞片語是 get lost。

I'm not sure.
我不確定

不肯定自己說的話對不對時，口語中經常用到這個說法。

遇到路人問時間。

A：Do you know what time it is?
B：I'm not sure. I forgot to wear my watch today. But I think it's about 12:30.
A：Oh no! I'm late. Thanks anyway.
B：No problem.

A：請問現在幾點了？
B：我不確定，我今天忘了帶錶。我想大約是十二點半左右吧！
A：噢，糟了，我遲到了！謝謝你。
B：不客氣！

發音技巧

I'm nót sùre. ↘ ，not 讀成主重音。

參考

be 動詞的否定形當中，只有 am 沒有 amn't 這種縮寫方式，所以只能用 I'm not ～。

I'm starving.
我餓死了!

　　肚子餓了有很多說法,誇張一點(形容自己快餓扁了),而且也是口語中經常聽見的,就是這一句。

 狀況劇

　　與朋友準備去吃午餐。

A：How about stopping for lunch soon?
B：Great idea. I'm starving.
A：Me, too. What do you feel like having?
B：I don't care. I'm so hungry I could eat a horse.

A：差不多該去吃午餐了吧?
B：好主意。我快餓死了。
A：我也是,你想吃什麼啊?
B：都好,我餓得可以吃下一匹馬了。

發音技巧

　　starving 的讀音是 [ˈstɑrvɪŋ]。

參　考

　　starve 是「餓死」的意思,口語中用進行式表示「快餓死了!」,是種誇大的說法。

That's it! 就是這句話!

..., if you don't mind.
如果你不介意的話…

　　因為自己的事而麻煩到別人，或是自己的動作可能影響到他人而造成對方的困擾時，事先問一聲是有必要的。

　　陌生人提議幫自己提重物。

A：Those boxes look heavy. Shall I give you a hand?
B：Sure, if you don't mind.
A：Not at all. Here, let me have them.
B：Thank you very much.

A：這些箱子看起來很重，需要我幫忙嗎？
B：好呀，如果你不介意的話。
A：怎麼會呢！來，我幫你提。
B：真是太謝謝你了！

　　..., if you dòn't mínd. ↘ ，mind 讀成主重音。

參　考

　　mind 是「介意」的意思，回答時多半使用否定形 "Not at all."。
A'：Do you mind if I smoke?（你介意我抽煙嗎？）
B'：No, not at all.（不，你請便！）

Is it my turn?
輪到我了嗎？

這句話最常出現在遊戲或排隊之類與順序有關的情形，畫面通常是說話者向前後左右的人確認「照順序的話，現在是不是輪到我了？」。

狀況劇

方城之戰正熾。

A：Hurry up. We're waiting for you.
B：Oh, is it my turn?
A：Yes. Go ahead.
B：Oh, mahjong is so complicated, I can't make up my mind quickly.

A：快點！大家都在等你！
B：呃，換我了嗎？
A：沒錯，快啦！
B：噢，麻將太複雜了，我快不起來啊！

發音技巧

It is my túrn? ↗，主重音落在 turn。

參考

「輪流」的片語是 by turns。

It doesn't matter.
沒關係

當對方覺得對你很抱歉，但你覺得事情其實沒那麼嚴重時，可以用這句話來安慰對方。

 狀況劇

朋友忘了帶電腦來歸還。

A：I'm sorry I forgot to bring your laptop back today.
B：It doesn't matter. I don't need it today anyway.
A：Are you sure?
B：Sure. But please bring it back tomorrow. Then I'll need it.

A：不好意思，我忘了把筆記型電腦帶來還你。
B：沒關係，反正我今天用不到。
A：真的嗎？
B：真的。不過請你明天一定要帶來，明天我就得用了。

發音技巧

It dòesn't mátter. ↘ ，主重音落在 matter。

參 考

"It matters." 的意思是「那很重要」。laptop 指的是 laptop computer（筆記型電腦）。

It doesn't work.
…不能正常運作

這句話是指機械或工具故障,無法發揮它原本正常的功用。

 狀況劇

兩人正在談論手機。

A：There's something wrong with my PHS phone.
B：What?
A：I'm not sure, but it doesn't work.
B：Maybe you need to recharge the battery.
A：Oh, that's probably it.

A：我的手機好像壞了。
B：哪裡壞啊?
A：我不確定,但是它不動了。
B：會不會是電池該充電了?
A：噢,可能就是這個問題。

發音技巧

It dòesn't wórk. ↘ ,主重音落在 work。

參 考

不只是大型機具,小至鐘錶、小刀等各類器具不靈光時,都可以套用這個句型。

It's not my fault.
不是我的錯

這句話最常見於一個人在推託、迴避責任時。當然，有時候可能真的不是當事人的問題，必須視情況而定。

 狀況劇

遲到的員工與上司之間的對話。

> A：Why are you late for work today, Mr. Smith?
> B：The train was delayed. It's not my fault.
> A：I see. Well, I guess it couldn't be helped. But please try to come to work on time tomorrow.
> B：Yes, sir.

> A：史密斯先生，你今天為什麼遲到啊？
> B：火車誤點了，並不是我的錯。
> A：喔、這樣啊，那就沒辦法了。不過明天上班可得準時喔。
> B：是的！

發音技巧

It's nòt mý fàult. ↘，主重音落在 my。

參 考

"It's not your fault."（那不是你的錯），是用來安慰他人的說法。

It's too late.
太遲了

舉凡情況「慢了一步，已經無能為力」時，都適用這句話。

狀況劇

友人沒買到演唱會的門票。

A：Shall I get tickets for us to go to the rock concert?

B：It's too late. They are all sold out.

A：Really? Oh, no. I wanted to see that concert.

B：Well, you should have bought the tickets earlier, then.

A：要不要去買兩張搖滾演唱會的門票？

B：太遲了，票都賣光了。

A：真的嗎？噢，不會吧。我好想看那場演唱會呢！

B：那你應該早點買好門票的。

發音技巧

It's tòo láte. ↘，主重音落在 late。

參　考

這裡的 it 代表抽象的「事態」、「狀況」。

... just in case
保險起見

「為了慎重起見,以防萬一」的口語用法。

狀況劇

一對夫妻正在討論出門是否要帶傘。

Wife	: Don't forget to take an umbrella. The weather report said it would rain this afternoon.
Husband	: I don't believe it. The weather report is always wrong these days.
Wife	: Well, take one with you just in case.

妻子	:別忘了帶傘,氣象報告說今天午後會下雨。
丈夫	:我不相信,最近天氣預報老是不準。
妻子	:保險起見,還是帶著吧。

發音技巧

... jùst in cáse. ↘,主重音落在 case。

參 考

單獨一句 "Just in case." 也可以完整表達說話者覺得「慎重起見」、「以防萬一」的心情。

Keep the change.
不用找（錢）了

在計程車或餐廳裡結帳時，將找零的錢留給司機或服務人員當作小費時的說法。

狀況劇

在餐廳裡買單。

A：Here's your bill, sir. $5.99.
B：Here's a ten. Keep the change.
A：Thank you very much, sir.
B：Not at all. The food and service was great.

A：先生，一共是 5.99 美元。
B：這是 10 元，不用找了。
A：謝謝您！
B：別客氣，你們的食物和服務都很好。

發音技巧

Kèep the chánge. ↘，主重音落在 change。

參 考

change 是「零錢」的意思，也可以說成 small change。

That's it! 就是這句話!

Let's go Dutch.
各付各的

在餐廳等消費場所，約好每個人各自付自己的費用時常見的口語說法。

狀況劇

鮑伯與珍正在共進晚餐。

Bob : What did you have, Jane?

Jane : I had the chicken dinner and a piece of chocolate cake.

Bob : Well, I had the fish dinner and a piece of pie.

Jane : The dinner is $12.50. Let's go Dutch.

鮑伯：珍，你剛剛點了些什麼？

珍　：我點了雞肉特餐和一塊巧克力蛋糕。

鮑伯：嗯，我的是鮮魚特餐和一塊派。

珍　：一共是 12.50 美元，我們各付各的。

發音技巧

Lèt's gò Dútch. ↘ ，主重音落在 Dutch。

參　考

也有人將 Dutch 拼成小寫的 dutch，理由據說是認為用 'Dutch' 這個字有冒犯荷蘭人之意。

Let's split the bill.
我們平均分攤

在餐廳用完餐後,約定眾人均分帳單的說法。

 狀況劇

與朋友上中國餐館。

A : How about dinner tonight? I'm dying for some good Chinese food.

B : All right. But let's split the bill.

A : You don't mind?

B : Of course not. I insist.

A : 晚上要不要一起吃飯?我好想吃美味的中國菜喔。

B : 好啊,不過帳單我們平均分攤。

A : 你不介意嗎?

B : 當然不會。就這樣說定了。

發音技巧

Lèt's splìt the bíll. ↘,主重音落在 bill。

參 考

go Dutch 是各自負擔自己的部份,split the bill 則是帳目大家平均分攤,兩者不甚相同。

Like what?
例如？

這是希望對方舉些具體例子作說明時的問句。

 狀況劇

兩人正在聊彼此閒暇時的娛樂。

A：There's nothing I'd rather do in my spare time than read.

B：Really? Like what?

A：Well, I love mysteries. But I also like science fiction.

B：That's great. I'm not much of a reader. I usually spend my time watching TV.

A：我閒暇時最喜歡看書了。

B：真的嗎？哪些書呢？

A：嗯，我最喜歡推理小說，不過科幻小說也不錯。

B：真厲害。我不常看書，我都把時間花在看電視上。

 發音技巧

Like whát? ↘，句尾語調下降。

參考

這句話也可以改成 "Such as?"。

What a coincidence!
真巧！

發生偶然事件時，口語中經常用這句話來表達驚喜的感覺。

 狀況劇

二名女子偶然發現彼此竟是校友。

A：Where did you go to high school, Anne?

B：Pasadena High.

A：What a coincidence! I went there, too.

B：What year did you graduate?

A：1993.

B：Another coincidence! I graduated in 1993, too.

A：安妮，你高中唸哪裡？

B：帕薩迪納高中。

A：真巧！我也唸那所高中呢！

B：你是哪一年畢業的？

A：1993 年。

B：又是一件巧事！我也是 1993 年畢業的。

發音技巧

coincidence 的讀音是 [koˋɪnsədəns]。

參考

問他人上哪一所高中，美式英語習慣用 "Where ~ ." 的問法，直譯是「在哪兒唸高中？」。

You can count on me.
包在我身上

接受對方的請託，當然得讓對方安心。「打包票」的英語就是 "You can count on me."。

答應要幫朋友籌辦派對。

A：I'm having a party tonight and I have many things to do.
B：Shall I help you?
A：I would really appreciate it. Are you sure?
B：Of course. You can count on me.

A：今晚我要開派對，有好多事情得忙呢！
B：要我幫你嗎？
A：真是太好了。不過，真的沒關係嗎？
B：當然啦，包在我身上。

You can cóunt on me. ＼，主重音落在 count。

參　考

count 是由「計算」引申為「把～算入」，然後再引申為「依賴」的意思。

Take it easy.
放輕鬆

看到對方神經緊繃，不論是把事情看的太認真、做事太慌張，還是心情緊張、沈不住氣時，都可以用這句話適時點醒對方一下。

 狀況劇

陷在長長的車陣當中。

A：I can't stand being in a traffic jam. I wish the cars in front would move.

B：Take it easy.

A：I know, but I'm late.

B：Yes, but there's nothing you can do. Just relax.

A：真受不了塞車！希望前面的車能趕快移動。

B：放輕鬆點。

A：我知道，可是我已經遲到了。

B：話是沒錯，但是急也於事無補啊！放輕鬆吧！

 **發音技巧**

Tàke it éasy. ↘ ，主重音落在 easy。

參 考

"Take it easy." 也有人用來作為熟人之間的道別語，意思是「拜拜」、「再見」。

Calm down.
冷靜下來

當對方情緒激動，或兩造有衝突時，適時來上這一句或許有降溫的效果。

狀況劇

受到一名遭搶的女子求助。

A：Can you help me? I need some help!
B：Calm down, ma'am. What happened?
A：I was walking down the street when a young man on a bicycle rode past me and grabbed my handbag.

A：幫幫我吧！我需要人幫忙啊！
B：這位太太，冷靜下來！發生了什麼事？
A：我走在路上，突然有個騎腳踏車的年輕人騎到我身邊，把我皮包給搶走了。

發音技巧

Càlm dówn. ↘，主重音落在 down。calm 的讀音為 [kɑm]。

參 考

這句話也可以改成 "Cool down."。

I wish I could.
但願我可以

當你心中想要做某事，但現實狀況卻不允許時，"I wish I could." 或許是最能表達你當時心中遺憾的一個句子。

 狀況劇

朋友邀約暑假一起去歐洲旅遊。

A：How about traveling to Europe with us this summer?

B：I wish I could, but I don't have any money.

A：Why don't you get a part-time job, then?

B：I already have one, but I need to use the money for my living expenses.

A：今年夏天要不要和我們一起去歐洲旅遊啊？

B：但願我可以，可是我沒錢。

A：有沒有考慮去打工呢？

B：我已經在打工了，但是這些錢只夠我的生活費用。

 發音技巧

I wish I cóuld. ↘，could 的部份要加重語氣。

參考

這裡的 could 是假設語氣，意指實行上有困難。

就是這句話!

I'm sorry to bother you, but ...
很抱歉打擾您，但…

有事要麻煩他人時，姿態當然要放低一點囉。

狀況劇

向主人借電話。

A：I'm sorry to bother you, but could I use your telephone?
B：Sure.
A：Thanks. I'm going to be late for my next appointment and I want to call and let them know.

A：很抱歉打擾您，可以借用一下電話嗎？
B：請便。
A：謝謝！我的下個約訪已經快要遲到了，因此想打個電話知會一聲。

發音技巧

I'm sòrry to bóther you ...，主重音落在 bother [`bɑðɚ]。

參 考

大事通常不會用到 bother，小叨擾才會。

I knew it.
果然

這是一句慣用句。know 用過去式，意思是「那件事我早就知道了；果然不出我所料」。

狀況劇

談論他人的八卦。

A：Did you hear about Elizabeth?

B：No. What happened?

A：She got accepted at Harvard.

B：Oh, I knew it. She's always been such a studious girl. That's wonderful.

A：Yeah.

A：你聽說伊莉莎白的事了沒？

B：沒呀，怎麼啦？

A：她通過哈佛大學入學申請了。

B：果然。她一直都很用功。真是太好了。

A：是啊！

發音技巧

I knéw it. ↘，主重音落在 knew。

參考

這句話也可以說成 "I knew it all along."。

You said it.
一點也沒錯

附和對方、對對方的言論表示完全贊同時使用。

狀況劇

某個炎炎夏日午後的一場對話。

A：It sure is hot today.
B：You said it.
A：It must be over 40 degrees.
B：Let's go somewhere air-conditioned and get a cold drink.

A：今天可真熱啊！
B：一點也沒錯。
A：一定有四十度以上。
B：我們去找個有冷氣的地方喝杯涼的吧！

發音技巧

You sáid it. ↘，主重音落在 said。

參 考

"You can said that again." 也是常見的用法。

航空英語與趣譚

舟津良行 著

除了豐富奇妙的語言遊戲之外，還有您從不知道的機上趣事。囊括海外旅遊、國際會議、交通管制英語，以及航空用語、簡稱、代碼等等。將最前線的飛航情形生動地呈現在您眼前。

老外會怎麼說？

各務行雅 著

作者以留美多年所接觸的英語為基礎，指出以文法為中心的學校英語在會話上的種種不自然表達方式，並從發音、詞彙、文法等各個層面，帶您瞭解最生動自然的英語。

Nuance of English on Business   Usage and Nuance o
h on Business   Usage and Nuance of English on Bus
Nuance of English on Business   Usage and Nuance o
h on Business   Usage and Nuance and Nuance of English on Busi
Nuance of English on Business   Usage and Nuance of
h on Business   Usage and Nuance of English on Busi
Nuance of English on Business   Usage and Nuance of
h on Business   Usage and Nuance of English on Busi
Nuance of English on Business   Usage and Nuance o

透析商業英語的語法與語感

長野格 著

商業英語不只是 F.O.B. 等基本商業知識，潛藏在你我熟悉的字彙中的微妙語感與語法才是縱橫商場的不二法門，掌握了它，你將是名符其實的洽商高手。

- -

輕鬆高爾夫英語

Marsha Krakower 著

你因為英語會話能力不佳，到海外出差或出國旅行時，不敢與老外在球場上一較高下嗎？
本書忠實呈現了球場上各種英語對話的原貌，讓你在第一次與老外打球時，便能應對自如！

國家圖書館出版品預行編目資料

That's it! 就是這句話！　/宮川幸久,Diane Nagatomo
著;劉明綱譯.－－初版一刷.－－臺北市；三民，民
90
　　面；　公分

ISBN 957－14－3463－9　（精裝）

1.英國語言－會話

805.188　　　　　　　　　　　　　90007297

網路書店位址　http://www.sanmin.com.tw

© That's it! 就是這句話！

著作人	宮川幸久　Diane Nagatomo
譯　者	劉明綱
發行人	劉振強
著作財產權人	三民書局股份有限公司　臺北市復興北路三八六號
發行所	三民書局股份有限公司
	地址／臺北市復興北路三八六號
	電話／二五○○六六○○
	郵撥／○○○九九九八——五號
印刷所	三民書局股份有限公司
門市部	復北店／臺北市復興北路三八六號
	重南店／臺北市重慶南路一段六十一號
	初版一刷　中華民國九十年四月
	初版二刷　中華民國九十年九月
編　號	S 80241

基本定價

行政院新聞局登記證局版臺業字第○二○○號

宮川幸久
◎ 御茶水女子大學應用語言
　學科教授
◎ 東京外國語大學英美系畢
◎ 東京大學英語暨英國文學
　專攻碩士課程修畢

Diane Nagatomo
◎ 御茶水女子大學應用語言
　學科副教授
◎ 加利福尼亞州立大學兒童
　發展教育學碩士
◎ 紐波特大學TESOL碩士

每三頁一個Track　（共50個Track）